国家出版基金项目
NATIONAL PUBLICATION FOUNDATION

近代散佚戲曲文獻集成·戲曲史料編

31

總主編　黃天驥

昇平署月令承應戲

齊如山　編

山西人民出版社
三晉出版社

圖書在版編目(CIP)數據

昇平署月令承應戲 / 齊如山編. —太原: 山西人民出版社, 2018.3
(近代散佚戲曲文獻集成 / 黄天驥主編)
ISBN 978-7-203-10297-7

Ⅰ. ①昇… Ⅱ. ①齊… Ⅲ. ①古代戲曲-劇本-作品集-中國-清代 Ⅳ. ①I237

中國版本圖書館 CIP 數據核字(2018)第 017721 號

昇平署月令承應戲

主　　編　黄天驥
編　　者　齊如山
責任編輯　翟麗娟
助理編輯　吉　昊
復　　審　劉小玲
終　　審　員榮亮
裝幀設計　謝　成

出 版 者　山西出版傳媒集團·山西人民出版社　三晉出版社
地　　址　太原市建設南路21號
郵　　編　030012
發行營銷　0351-4922220　4955996　4956039
　　　　　0351-4922127(傳真)
天貓官網　http://sxrmcbs.tmall.com　0351-4922159(電話)
E-mail　sxskcb@163.com　發行部
　　　　　sxskcb@126.com　總編室
網　　址　www.sxskcb.com

經 銷 者　山西出版傳媒集團·山西人民出版社
承 印 廠　山西出版傳媒集團·山西新華印業有限公司

開　　本　787mm×1092mm　1/16
印　　張　13
字　　數　74千字
版　　次　2018年3月　第一版
印　　次　2018年3月　第一次印刷
書　　號　ISBN 978-7-203-10297-7
定　　價　67.00圓

《近代散佚戲曲文獻集成》編委會

總主編　黄天驥

編　委　董上德　張繼紅　許石林　陳志勇

總策劃　越衆文化傳播·南兆旭

出版工作委員會

主　任　胡彦威

執行主任　張繼紅　姚　軍

副主任　梁晉華　莫曉東

監　製　徐　勝

委　員　周　威　劉小玲　徐　勝　顔海琴　何　瀅　林旭娜
張志杰　翟麗娟　王新斐　崔人杰　郭向南　史美珍
魏　紅　吉　昊　薛勇强　解　瑞　秦艷蘭　張仲偉
任俊芳

設計總監　李尚斌

設計製作　吴圳龍　莊生府　王秀玲

出版説明

一、近代散佚戲曲文獻集成鈎沉、梳理、選取十九世紀末到二十世紀中葉，散佚而獨具特色、頗具研究價值的戲曲文獻進行整理出版，以填補學術界在近代戲曲史史料方面的缺失。

二、叢書主要採取影印的方式整理出版，爲便於學界研究之需要，以忠實於原稿爲宗旨，對排版方式、原書内容的缺損、錯謁等均不做修復，在不影響内容的情況下僅對頁面的污損做了處理。

三、叢書作爲影印文獻，序言、附注、插頁皆予以保留，最大限度地保持原本原貌：單黑印刷的保持單黑色，彩色印刷的以原來的色彩進行印刷。

四、叢書分爲「理論研究編」「戲曲史料編」「名家文獻編」「曲譜和唱本編」四大編七十册。

五、「理論研究編」主要選取了近代重要的戲曲研究名家絶版多年的重要著作。其中，或有部分重要經典著作後期有再版，如王國維先生的宋元戲曲考，我們選擇早期稀見之「正音學會校本」版，原貌出版。

六、「戲曲史料編」則對史材、檔案、傳記等史料進行了整理。「名家文獻編」對著名戲曲表演藝術家的文獻進行了集中整理，包括海外版史料、報紙雜誌或期刊的專刊、各種個人專集等。這些史料或散於海外、或沉於故紙堆，因極富時代特色且具有原真性，又長期遊離於主流學術研究視野之外，因而其研究價值較爲突出。爲保持文獻原真性，對於期刊圖書廣告頁予以保留。

七、「曲譜和唱本編」主要對戲曲的曲譜和唱本進行了整理。曲譜和唱本是戲曲藝術傳承、演變、發展的主要載體之一，近代的曲譜和唱本很多是當時演出的戲本，故不少史料具有民間性，對於戲目發展的原生狀態具有很高的研究價值，如小唱本，因非常零散，多年來幾乎未見整理出版。

八、因叢書主要採用影印的方式，故海外出版的外文版未進行翻譯，維持海外原版之狀態，適合較高層次的讀者閱讀、研究。

九、叢書中，因原版的零散或者底本的其他狀況不便於影印的戲曲藝術散論叢編採取了重新錄入的方式進行排版，由本項目組進行了點校、審讀。

十、對於篇幅較小的原本書目，叢書進行了合編出版；對於合編册數爲兩册的，保持了原始書名；對於合編册數爲三册以上的，則按整理的類別，重新編訂書名。

十一、所選版本的頁碼標註，在保持原始頁碼的同時，重新編排了新頁碼；對於兩册以上合册出版的書目，做了目錄，便於讀者查找閱讀。

十二、爲保證叢書體例一致，序言、出版説明、版權頁等附文，皆採用了中文繁體編排。

鑒於編者水平有限，有不當之處，敬請方家指正，又因出版時間所限，定有諸多不足之處，亦請廣大讀者海涵。

總序一

黃天驥

戲曲，是我國在世界藝壇上獨樹一幟的綜合性藝術。如果從金元時期戲曲趨於成熟的階段算起，歷經明清兩代，到晚清民國時期，它已經走過了近七百年的道路，發揮過重大的社會影響。

戲曲，包括雜劇、傳奇乃至花部小戲等體裁，在不同的歷史時期，其内容、形式，不斷地變化融合，也經歷過好幾個不同的發展階段。進入晚清民國時期，隨着我國歷史和社會出現翻天覆地的變化，戲曲進入了非常獨特的歷史時期。對於中國文化和研究中國戲曲史而言，這是具有特别意義並且非常值得注意的歷史時期。

我國戲曲，元代以雜劇爲主流，明清兩代，劇壇以傳奇爲主，也兼演雜劇。但到了清代乾隆年間，朝廷經常在爲皇帝、皇太后祝壽的全國性節日，引進各種地方戲班，進入北京會演。以此爲契機，徽班以其精彩的表演和它易於爲群衆接受的特質，在京城落地生根，影響日益擴大。它融合了其他唱腔，形成了後來被稱爲「京劇」的新劇種。這時候，各處的地方戲，風起雲湧。至於曾在舞臺上流行的雜劇、傳奇，即使在某些方面結合時代的潮流，有所革新，但終究敵不過以徽班爲代表的清新、活躍、更接地氣的地方戲。愈到後來，屬於「雅部」的雜劇、傳奇，漸漸無人問津，走向衰落。從此，「花部」終於戰勝了「雅部」，中國的劇壇，經歷了一次重大的變化。

從晚清到民國，隨着政治經濟的變革，西方各種思潮包括文藝思潮，也陸續湧入古老的天朝。我國戲曲領域，與中國人民反帝反封建的鬥爭相聯繫，與資產階級政治運動相適應，也出現了深刻的改良活動。以京劇爲例，劇壇上呈現出與元明清三代不同的面貌和特點。

從金元以至明清，我國戲曲經過長期的創造、沉澱，在劇本創作上，特別在唱、做、念、打等表演技巧方面，都在不斷地完善。乾嘉以來，商業興旺，中心城市如北京、上海一帶，市場繁榮，觀衆日多，審美要求也日益提高。加以宮廷的大力提倡，各個地方戲種有了交流借鑒、互相影響、共同提高的機會。以京劇爲代表的「花部」，特別在表演藝術方面，日臻成熟，達到了中國戲曲史上的高峰。那時候，戲班衆多，名角迭出。咸豐、道光年間，京師出現以演老生見長的程長庚、余三勝、張二奎。這三傑，被稱爲「三鼎甲」。後來又出現譚鑫培、汪桂芬、孫菊仙三位傑出的老生演員，被稱爲「後三鼎甲」。他們的做派唱工，或如黃鐘大呂，慷慨沉雄；或如雁嘯長空，悲涼蒼勁。他們風格各異，而其共同之點：品行端正，敬業不懈，嚴肅地對待藝術創造。因此，他們被藝術界公認爲偶像，也受到廣大觀衆的尊敬。

到民國初年，觀衆喜愛老生的熱忱，逐漸轉換爲對旦角的追捧。當時京劇湧現出四大男旦。梅蘭芳以俊美的容姿，唱、做、念、打已達爐火純青的表演技藝，讓觀衆如癡如醉。程硯秋擅演悲劇，以青衣應工，幽韻哀情，如泣如訴，唱到劇中的悽楚之處，讓觀者感同身受。荀慧生則表情多變，做派風流活潑，有第一花旦的美譽。尚小雲嗓音圓亮高朗，在串演女性角色中透露着英勃之氣，他尤擅演刀馬旦，在旦角中自成一派。那時候，「梅、程、荀、尚」，紅透了中國劇壇。

可以説，清末民初，是中國戲曲發展的高潮時期，尤其是在表演技巧方面，更是發展到藝術的頂峰。這一點，和戲曲在繼承傳統的基礎上，在新舊交替的時代，審美觀念出現變化，演員們在劇本內容和演技方面，爲適應社會的需要，積極地醞釀有所變化、有所革新有關。當舊的政治體制被推翻，崇尚個性的潮流湧入劇壇，「四大名旦」們，也就不斷刷新劇目，即使演出傳統舊劇，也注意作適當的改造，注意程式的創新，甚至懂得追求人物形象的個性化。於是，整個清末和民國的劇壇，出現了讓人耳目一新的局面。

在這階段，藝壇上有一個現象，很值得我們注意，這就是圍遶着名角，出現了一批在文學上或在藝術上很有造詣的追隨者。他們不是戲迷或跟班，而是對名角有着很大影響力的藝術顧問或參謀，在戲班中，他們在很大程度上起着導演、編劇兼評論家的作用。像齊如山、羅癭公、陳墨香等人，他們文化根基深厚，社會經驗豐富，對新思潮有所瞭解。他們的加入，對清末民初戲曲走向高潮，產生了積極的作用。

由於有一批高水平的文化人，經常與名角們長期深入地接觸，瞭解名角們的生活，熟識演員們藝術創造的過程，也和當時的優伶界一起沉浮。他們用文字把舞臺上下種種見聞記錄下來，從不同的角度描述當時劇壇發展的足跡，這就給後人研究清末民初的劇壇，留下了極有價值的文獻。本叢書的「戲曲史料編」，便是力圖完整地搜集這一時期劇壇有關史料，方便研究者對當時劇壇有詳盡的認識，也爲人們進一步深入研究提供線索。

進入清中葉以後，我國戲曲表演，實際上已推行「演員中心制」，無論是京滬劇壇乃至各處地方戲，從戲班體制乃至舞臺演出，均以演員爲中心。越到清末民初，名角的作用越是壓倒一切。這樣的現象，在我國戲曲史上並不多見，也可以視爲戲曲表演發展到最高階段所呈現的獨特面貌。

由於演員表演的成就成了這一時期戲曲發展的標識，爲此，本叢書編選「名家文獻編」，輯錄了梅蘭芳、譚鑫培、周信芳等十一位藝術大師的文獻，其中包括演出報告、影集、雜誌、臨時特刊等文獻，以及社會各界對他們的述評和研究文章等等。通過此編，讀者既可以認識、學習一個個名角各自的表演特色、各自的藝術成就，也可以從總體上，綜合觀察這一歷史時期戲曲發展的趨向。

這套叢書，還列有「理論研究編」。

本來，從金元時代開始，戲曲已趨成熟，成爲人民大衆喜聞樂見的藝術形式，許多文人雅士，也參與到劇本的創作中，寫出了不少膾炙人口的名劇，被視爲「驅梨園領袖，總編修師首，捻雜劇班頭」的關漢卿，甚至還粉墨登場。但是，在戲曲理論方面，卻鮮有人認真思考。除了明末清初的李笠翁，寫了閒情偶寄，算是比較全面地總結戲曲劇本的創作和表演經驗的規律以外，幾百年來，即使是關心戲曲的名家，也衹作些蜻蜓點水式的評點，或者在書信中和朋友們發表些零星的想法，至多是在劇本的序跋中，涉及對劇本創作的思考。可以説，從古以來，我們傳統長於形象思維卻疏於邏輯思維的慣性，使古代戲劇家對戲曲缺乏系統性、學理性和歷史性的思考。

近代以來，國運日衰。隨着西方列强在軍事、經濟、文化方面的進入，我國不少精英人物，不得不考慮國家向何處去的問題。思想界和學術界的許多學者，往往在不同程度上，和西方學術有所接觸，直接或間接受到西方文化的影響，思維方式也有所改變。同時，他們也看到，與城市商業繁榮的局面相聯繫，包括戲曲在内的通俗文化，日益受到廣大群衆的歡迎，特别是戲曲的表演藝術突飛猛進，其影響甚至超出了國門。這種種因素，讓許多有識之士，再不把戲曲視爲不登大雅之堂的「小道」。這一來，戲曲理論的研究，逐漸爲學術界人士所關注。從王國維開始，學者們已把戲曲研究作爲一門專業性的學問。進入二十世紀的四五十年代，戲曲理論研究更成爲顯學。

當然，在清末民初，戲曲理論研究剛剛起步，但也取得了令人矚目的成果。後來，在抗日戰爭期間，在烽火連天、顛沛流離的日子裏，有些學者還孜孜不倦地進行戲曲研究，努力從理論上探索中華民族文化瑰寶的奥妙。有些學者追根溯源，探索戲曲發生發展的過程；有些則研究戲曲在不同時代的表現和特點，或者研究我國戲曲的形態；有人廣泛搜集和考索劇本劇目；有人致力於曲韻的研究；有人還注意對地方戲的論述，等等。可以説，清末以及民國時期的戲曲理論研究者，完全打破了傳統曲學評點餖飣支離破碎的方式，他們從不同角度，對戲曲藝術作系統性的研究，邁出了新的一步。即使有些地方，還待深入探討，但已爲後來的研究者打下了基礎。「篳路藍縷，以啟山林」，在我國戲曲研究學術史上，這一時期的學者功不可沒。其中，有些論著，具有經典性，直到今天，依然是戲曲理論研究者必讀的文獻。爲此，本叢書設置「理論研究編」，努力搜集讀者不易看到甚至已經絕版的論著，意在既保存珍稀資料，又爲學者們開展對這一階段劇壇的研究，提供更全面的幫助。

經過多年的努力，近代散佚戲曲文獻集成叢書終於面世。這套叢書的出版，填補了近代戲曲學術史的空白，對推進今天戲曲創作、表演和理論研究，也很有價值。特推介，是爲序。

二〇一五年六月十二日於中山大學中文堂

「戲曲史料編」序／

陳志勇

我國戲曲已走過七八百年的歷史，給後世留下了豐富的史料文獻。一代代戲曲史研究者爬梳鈎稽，描繪出一條明晰的歷史發展軌跡。

元代有八十七年不開科取士，讀書人失去進身之階，重啓科考後，即便中式也只能沉鬱下僚，難以一展經國治世之志，他們將自己的聰明才智和複雜情緒一起投入雜劇創作中，促進了元雜劇的繁榮；但由於受制於客觀條件，元代的戲曲史料存世較少。南方的戲文，情況也好不到哪裏去。早期的南戲，「宋人詞益以里巷歌謡」，鄙俚淫逸，難以博得上層文人的關注和參與，儘管生活在社會底層的書會才人競相創作，但能留存下來的劇本信息和文獻記載也是吉光片羽。近代以來，一大批前輩學人如顧隨、趙景深、鄭振鐸、馮沅君、錢南揚等，從明清曲籍中鈎沉宋元南戲佚曲劇目二百多種，補上了缺失的一環。

元代末期，來自南戲發源地温州的進士高則誠創作了琵琶記，從此改變了上層文人不重視戲曲的局面。高則誠以近乎完美的藝術表現和精彩的文學呈現，讓琵琶記成爲後世戲曲的典範，也開了文人傳奇的先河。從琵琶記開始，戲曲史料逐漸豐富起來，關注和記載戲曲信息的文獻逐漸多起來，社會各階層參與戲曲活動的熱情高漲起來。我們可以看到明朝中晚期，戲曲真正成爲全民娛樂消費的對象。

十八世紀晚期，隨着崑曲的衰落、花部戲曲的崛起，花雅競爭和互融同時進行，地方劇種成爲我國劇壇的主宰者。京劇正是在此背景下誕生並趨完善、繁榮的。可以説，京劇是融匯我國古代戲曲藝術衆川精華之大成者，是繼崑劇之後藝術水平最高的一個劇種。京劇大繁榮的時間段正是在晚清及民國時期。現在編纂近代散佚戲曲文獻集成叢書的戲曲史料編，可謂順應了我國古代戲曲發展的歷史走向，順應了近代以來戲曲研究的大趨勢。

一

任何歷史研究，史料都是基石，戲曲史的研究也是如此。在戲曲史料編中有内容極爲豐富的五十年來北平戲劇史材 北平國劇學會陳列館目錄 國立北平圖書館戲曲音樂展覽會目錄等戲曲史料或戲曲文物目錄的彙集，也有近代名伶的生平傳記、舞臺藝術史料，如同光朝名伶十三絶傳略 皖優譜 男女名伶小史 梨園佳話等，它們既反映出晚清民國名伶的譜系，也折射出這一時期戲曲發展的基本面貌。此外還有史料搜集與整理方面的著作整理昇平署檔案記 昇平署月令承應戲等，這些稀見史料對近代戲曲研究意義重大。

史料的搜集，實質上關涉學人的眼界和觀念。什麽樣的史料是有價值的、值得納入囊中，這需要學人憑藉自身的史識作出判别。五十年來北平戲劇史材即充分體現出編輯者周明泰高遠的視野和廣博的學識。這部史材收納了從光緒八年（一八八二）到民國二十一年（一九三二）整整五十年間北京的數百張戲單，涵括普慶班、四喜班、鴻慶班、三慶班、同春班、同慶班、永慶班、雙奎班、增桂班、義順和班、天慶班、福壽班、玉成班、慶壽班、雙慶班、承平班、寶勝和班、太平和班、吉祥班、鴻盛和班等數十個名班，以及譚鑫培、楊月樓、孫菊仙、梅蘭芳、程硯秋、荀慧生、尚小雲、馬連良等衆多京劇名角。透過戲單中藴含着的各種演劇史料，我們可以看到戲班演出場地與劇目的關係、劇目次序與伶人的對應關係、劇目的差異與不同觀衆的審美取向及民俗含義、劇目的五十年變遷軌跡等内容。同時，在戲單中還能看到伶人的譜系流變，如譚鑫培家族中子弟的成長史，譚富英、譚小培、譚世英、譚春仲、譚盛英、譚文玉、譚春同、譚金昇在戲單中出現的時間、各自行當的分工、劇目的分佈等等。此外，通過戲單還能看到崑曲劇目與皮黄劇目的搭配，光緒年間雙慶班在大演皮黄戲的同時也間演游園驚夢、風箏誤、拷紅、斷橋、寧武關等崑曲折子戲。可以毫不夸張地説，若將五十年來北平戲劇史材中一張張戲單所包含的豐富戲曲文化信息連綴起來，就是一部北京晚清民國五十年戲曲發展史。

有時候，史料的得來，純在偶然之間，這需要研究者對雜亂無章的史材作進一步的整理。整理昇平署檔案記依靠的史料是一九二四年朱希祖在北京宣武門偶然購得的昇平署檔案及鈔本戲曲共六七百種、一千數百册。在這部著作中，朱希祖對昇平署檔案作了詳細分類，分爲日記檔、差事檔、花名檔、旨意檔、恩賞檔及分錢檔各類。該書的内容首發於一九三一年的燕京學報第十期，成爲今天研究昇平署檔案的重要參考文獻。

在衆多戲曲史料中，齊如山的北平國劇學會陳列館目錄和國立北平圖書館編國立北平圖書館戲曲音樂展覽會目錄，十分引人注目。這兩部印行於二十世紀三十年代的戲曲史料目錄，内容極爲龐雜。

齊如山的北平國劇學會陳列館目錄與北平國劇學會有關。創建於一九三一年十二月的北平國劇學會，是由梅蘭芳、余叔巖、齊如山等人聯名發起組織的一個民間京劇團體。國劇學會創設的陳列館，收藏各種大小戲曲文物十萬多件，齊如山將之整理，列成細目。目錄包括内務府檔案、昇平署劇本、戲班文物、戲曲圖表、相片、樂器、唱片。尤值一提的是，目錄包含大量内務府演劇檔案，其中涉及戲班進呈内務府花名册、戲單、清宫戲箱砌末檔案、傳差賞銀及示諭戲班檔案等；而昇平署檔案，更是種類繁多、琳瑯滿目，包括花名册賞單戲目、王府進呈本、御筆改訂本、崑曲安殿本、皮黄安殿本、弋陽腔安殿本、梆子安殿本、曲譜存庫本、提綱存庫本、排場本、穿戴提綱本、串頭提綱本、砌末提綱本等多個科目。從時間跨度上看，較早的内廷演劇檔案有乾隆十六年皇太后六旬萬壽奏案簿，最晚的檔案、劇本直至光緒末年。北平國劇學會陳列館目錄收羅極爲龐雜，説明整理者的視野相當寬廣。事實上，齊如山的戲曲研究從宫廷演劇到民間演劇習俗、從戲曲藝術本體到戲曲文學、從戲曲文物到戲曲文獻都有涉及，並取得相當高的學術建樹。

國立北平圖書館戲曲音樂展覽會目錄分戲曲撰著部、戲曲文獻部、樂書部、樂器部等部類，尤其以戲曲撰著部收錄最富，涉及曲作、曲譜、曲選、曲話、曲律及近人戲曲研究專著等多個方面。展覽會參展的戲曲文獻除北平圖書館所藏之外，還有大約三分之一來自私人藏書。這些私人藏書家有梅蘭芳、馬廉、劉半農、鄭振鐸、傅惜華等人，尤以傅惜華藏品爲多。而私人收藏的戲曲文獻主要以清代梨園戲曲鈔本爲主，不少是存世的孤本，彌足珍貴。可以説，這部目錄是當時研究戲曲最爲完備的史料指南。

二

史料是文化的印痕，而文化是人創造的。晚清民國是中國戲曲發展的又一高潮，尤以京劇爲代表，這一時期京劇伶人生平史料和演劇史料層出不窮，真實再現了伶人的藝術人生和學藝、傳藝的譜系。「戲曲史料編」中收錄了孫老乙等人編輯的近代名伶傳略史料彙編、天柱外史皖優譜、王夢生梨園佳話等伶人傳記史料。

近代名伶傳略史料彙編匯集了佚名最近一百名伶小史（又名男女名伶小史）、朱書紳同光朝名伶十三絶傳略和孫老乙當代名伶傳三部伶人傳記。佚名的男女名伶小史，民國十年（一九二一）上海中外書局鉛印本，選取從徽班耆宿程長庚開始的一百位京劇名伶小傳，基本涵括了京劇史上最有名之「老生前三傑」「後三傑」「四大名旦」等名角。小史在編排伶人的次序上，頗爲注意伶人之間的血緣、師承、姻親、地緣關係；同時在地域上以北京爲主，兼及天津、上海、蘇杭，甚至東北、粵東地區。如此分類也符合當時京劇流傳情况和地域成就的實際。小史的體裁類傳記，以單傳爲主，偶有兩人合傳，對伶人的學藝經歷、演技特色、藝術地位多有論述，亦不妨當作戲曲評論來讀。

同光朝名伶十三絶傳略，是一九四三年由進化社朱復昌（書紳）縮小影印的，沈蓉圃所繪同光朝名伶十三絶傳真像，是當時各行當的代表人物，分别是程長庚飾群英會魯肅，盧勝奎飾空城計（或戰北原）諸葛亮，張勝奎飾一捧雪莫成，楊月樓飾四郎探母楊延輝，徐小香飾群英會周瑜，譚鑫培飾惡虎村黄天霸，梅巧玲飾四郎探母蕭太后，朱桂芬飾玉簪記·琴挑陳妙常，時小福飾桑園會羅敷，余紫雲飾彩樓記王寶釧，郝蘭田飾釣金龜康氏，楊鳴玉飾思志誠明天亮，劉趕三飾探親家鄉下媽媽。這「十三絶」中老生四人（程長庚、盧勝奎、張勝奎、楊月樓），武生一人（譚鑫培），小生一人（徐小香），旦角四人（梅巧玲、時小福、余紫雲、朱蓮芬），老旦一人（郝蘭田），丑角二人（劉趕三、楊鳴玉），除净行未收外，涵蓋了京劇的主要行當。書後附有十三絶的傳略及余叔巖、時慧寶、程繼先、梅蘭芳、王瑶卿、譚小培、馬連良、尚小雲、程硯秋、荀慧生、金仲仁等數位當紅伶人的附志，是晚清民國時期伶人傳記史料集。

孫老乙當代名伶傳，一九四七年八月由天下圖書雜誌出版公司出版，前有王雪塵、李元龍、俞振飛所作序言及作者自序。作者就自己二十年見聞所及，記述了當時一百一十三位京劇演員的生平和藝術。伶人排列以宗派爲經，以時代爲緯，首起梅蘭芳，以北京的伶人爲主體，同時也記錄了長期在上海演出的麒麟童、林樹森、蓋叫天、趙乃泉、楊瑞亭、苗盛春、蓋三省、俞振飛、韓金奎、劉斌昆、言慧珠、童芷苓、艾世菊、魏蓮芳等名伶。作者力圖以傳統的紀傳體裁來勾勒民國時期京劇歷史的概貌。

天柱外史所著皖優譜，世界書局一九三九年出版，凡六卷，分爲引論及生、旦、净、丑、場面各一卷。主要輯錄皖籍崑劇、徽調、皮黃劇伶人的藝術史料。卷一「引論」，對徽班演劇史有詳細的勾勒。卷二至卷六，從元楊景輝、明嘉靖張野塘開始，分別介紹徽州歷史上著名的伶人。每卷之前考索角色名稱的由來，介紹名伶的生平籍貫、藝術特點和成就。該譜引述「戲曲專家紀錄」，但逐條增添作者的按語，尤其在引論中對戲曲聲腔的論述，每有精闢之論，值得重視。

王夢生的梨園佳話，一九一五年商務印書館出版，是民國初年全面介紹清末以來北京戲曲活動演變、流行劇目及其藝術流派的戲曲專書。此書分爲四章，首章「總論」，分條論述戲曲藝術的總特徵、起源、唱做念打之技法等等，爲戲曲之整體關照。次章「諸位精華」，介紹生旦角色的含義、老生唱法和十餘種代表性劇目，另及一些特殊性質的劇目（如武劇、謔劇、穢劇、全本劇）。第三章「群伶概略」，介紹蘇班、徽班、京班中的名角，重點介紹程長庚、余三勝、汪桂芬、譚鑫培、孫菊仙、龔雲甫等當紅伶人七十餘位。第四章「餘論」，爲舞臺藝術特色、戲行之風俗及規制的介紹。梨園佳話雖仍屬京劇流派史料範疇，但它對京劇舞臺藝術、劇目及戲俗的介紹，頗有學術含量，初步具備京劇史研究著作的雛形。

三

劇目選編是不同於戲劇史料、伶人傳記的另一研究路向，大量劇本材料的匯集、選錄和考訂，從文本的角度豐富了對戲曲的整體關照，與歷史變遷、伶人流派一起構建起我國戲曲歷史、舞臺和文本的多維圖景。在「史料編」中選錄王端淑明代婦人散曲集、馮沅君孤本元明雜劇鈔本題記以及新大戲考、昇平署月令承應戲等幾部具有代表性的劇目、劇本文獻。

明代婦人散曲集是明末清初山陰才女王端淑所輯，爲民國二十四年（一九三五）盧前（冀野）從名媛詩緯初編·詩餘初編中輯出重編、校訂，前有盧前所作序文。王端淑從女性詩人角度，輯得黄峨、徐媛、梁孟昭、沈蕙端、郝湘娥、沈靜專、呼祖、蔣瓊瓊、楚妓、馬守真、景翩翩、李翠微等十二位女性曲家的散曲作品。每位作者名下皆有小傳，點出家學淵源或重要社會關係，對藝術風格和成就有簡要點評。王端淑的評語明顯帶有女性視角，試圖將女性曲家從男性作家群體中剝離出來，給予獨立的主體地位。書尾附錄有吴蘋香手書曲稿真跡一幀，另附有盧前錄得從宋代劉盼春至民季吴蘋香婦人曲話十餘則，爲整篇散曲之有益補充。

孤本元明雜劇鈔本題記，是馮沅君先生在一九四四年對國立女子師範學院所鈔藏的二十一册「脈望館鈔校本古今雜劇」作的題記，是一篇關於雜劇角色服飾的重要論文，可視爲一九三六年古劇四考「搬演考」的續篇。馮先生從鈔本雜劇的記載，重點考察舞臺上伶人對劇中人物穿戴的設計和安排，將文本形態與舞臺形態結合起來研究，構建了從文本到舞臺的新的研究路徑，給後世的戲劇研究者帶來諸多啓迪。

新大戲考是二十世紀四十年代灌注的京劇名角唱片的名段曲詞之匯集。戲考分爲劇情説明和名段唱詞兩大部分，劇情説明有四十五則，而名段唱詞則以京劇曲段最多，依次以老生、文武老生、青衣、老旦、大面錄入。老生藝人包括譚鑫培、王長林、孫菊仙、余叔巖、馬連良、劉鴻聲、陳少霖、王又宸、高慶奎、言菊朋、王少樓、譚富英、譚小培等數位。文武老生則有楊小樓、高百歲、李吉瑞、麒麟童、李桂春、林樹森等數位。青衣則以梅蘭芳、程硯秋、尚小雲、荀慧生等名角爲主。老旦以李多奎，大面以郝壽臣、金少山爲代表。可以説，當時市面上流行的京劇名角唱片基本被囊括其間。更值得一提的是，戲考還將上海一帶流傳的紹興戲、申曲、揚州調、彈詞、河南墜子、北方雜曲的名角唱片曲詞錄入，收錄的名角近百位，關涉的唱片公司有百代、勝利、高亭、國樂、蓓開、孔雀、長城、麗歌、大中華等數家。新大戲考爲研究近代戲曲、雜曲唱片史的重要文獻。

昇平署月令承應戲，一九三六年北平故宮博物院編印，收錄清代宮内昇平署殘存的崑、弋腔月令承應戲劇本，皆爲内廷供奉的折子小戲。宫廷月令承應戲，計有元旦承應戲三折、立春承應戲二折、上元承應戲二折、燕九承應戲二折、花朝承應戲二折、浴佛承應戲二折、端陽承應戲五折、七夕承應戲二折、中元承應戲三折、中秋承應戲二折、重陽承應戲四折、頒朔承應戲二折、冬至承應戲四折、臘日承應戲二折、祀竈承應戲三折、除夕承應戲八折。昇平署月令承應戲凡十六節令，演劇四十八折，是研究清代宫廷月令演劇不可或缺的史料。

以上這些民國時期刊印的珍貴戲曲史料，隨着時間的流逝，已難得一見，成爲「稀見」文獻，今天重新將它們影印出版，必將嘉惠學林，大力促進戲曲史的研究工作，洵爲功德無量之事。

作者簡介

齊如山（一八七五—一九六二），近代戲曲理論家。早年留學歐洲，曾涉獵外國戲劇。一九一六年以後，與李世戡等爲梅蘭芳編排時裝、古裝戲及改編的傳統戲二十餘齣。如天女散花、洛神、霸王別姬等。一九三一年與梅蘭芳、余叔巖等人組成北平國劇學會，並建立國劇傳習所，從事戲曲教育。曾編輯出版戲劇叢刊、國劇畫報，搜集了許多珍貴戲曲資料。他提出的「無聲不歌，無動不舞」論點，是對中國傳統戲劇最精練、最準確的概括。晚年著有國劇藝術匯考，爲京劇研究提供了充實完備的參考書。

昇平署月令承應戲

齊如山

引言

昇平署所藏劇本，種類極繁，惟以迭經變遷，散佚甚夥。民國十四年，本院始將昇平署殘餘劇本約七千餘册，提存文獻館。二十四年，從事整理，分類編目。茲列於左，以供參考：

崑弋類
月令承應戲　酒宴承應戲
開團場承應戲　承應壽戲
承應燈戲　承應大戲
單折戲　本戲
亂彈類
單齣戲　本戲
秦腔類
單齣戲　本戲

文獻館編印

月令承應戲又稱節令承應戲，屬承應戲之一。乾隆時，由莊親王允祿及張照等一班詞臣所編，爲外間所罕覯。南府時代，此種承應劇本，原分節令二十餘種，每種有數齣者，有十餘齣者，約有二百餘册。迄光緒末，常演者僅數十餘齣而已。蓋以內學舊監，大半凋謝，新進之人，又未諳習，日久失傳，劇本亦不復重視，遂致流落於外。迨昇平署遷移景山，散佚益多。現本館所存者：以節令計，凡十有六種。以劇本計，二十有七册。霓裳絕響，良足珍視。

此項劇本，咸裝訂成册，册衣黃色者，黏有紅簽，題寫劇名，稱安殿本，蓋供演唱時呈覽者。白色者，稱存庫本。册內鈔錄字體頗工，詞句譜板，均標硃色圈點。分無譜板，及有譜板二式。內文氏家慶，靈符濟世，奉敕除妖祛邪應節，正則成仙漁家言樂，江州送酒東籬嘯傲，仙翁放鶴洛陽贈丹六種，未註譜板，係乾隆時鈔本，同治後已不見演唱。餘爲光緒時鈔本，皆註有譜板，每逢節令，仍照例承應。

按月令承應劇本，南府舊藏尙有上巳，（如曲江賜宴綵舟應制等）寒食，（如追叙綿山高懷沂水等）賞荷，（如玉井標名御筵獻瑞等）賞雪，（如梁苑延賓兎園作賦等）探梅，（如羅浮尋句絳霞香夢等）五種節令，爲本館所無。以節令比較，相差固屬無幾，然以劇本數目比較，散佚之册，約占十分之八而强，誠堪惋惜也。

此外尙有數種，亦係於節令演唱者，如浴佛日演杜寶勸農，端陽演闡道除邪，七夕演鵲橋密誓，中秋演天香慶節，或就傳奇中摘出，或屬全本本戲，因其性質不同，故自來不列入月令承應之內。

月令承應劇本，北京大學研究院藏有數册，北平圖書館藏有二十餘册，多屬批改之稿本。曩者原擬將三處所藏，彙合編輯，用朱墨二色，套板影印，藉示眞相。嗣以散佚既多，其他機關私人，容或尙有收藏，（國劇學會及吳瞿安先生均藏有數種）倘能蒐羅較備，足稱蔚然大觀。惟調查商洽，頗費時間，印刷經費，亦須籌措，一時尙未能集事。然此項劇本，久爲人所稱賞，多欲先覩爲快。無已，先將本館所藏，編印行世。册中詞句圈點，仍照原式，譜板則以排印不便，祇得從略。至於影印彙編，仍當積極從事，務期早日告成，以餉藝林。

中華民國二十五年十月國立北平故宮博物院文獻館識

昇平署月令承應戲目錄

元旦承應　喜朝五位　歲發四時

文氏家慶

立春承應　早春朝賀　對雪題詩

上元承應　東皇佈令　歛民錫福

燕九承應　聖母巡行　羣仙赴會

花朝承應　千春燕喜　百花獻壽

浴佛承應　六祖講經　長沙求子

端陽承應　奉勅除妖　祛邪應節

正則成仙　漁家言樂

靈符濟世

七夕承應　七襄報章　仕女乞巧

中元承應　佛旨渡魔　魔王答佛

迓福迎祥

中秋承應　丹桂飄香　霓裳獻舞

重陽承應　九華品菊　衆美飛霞

江州送酒　東籬嘯傲

頒朔承應　花甲天開　鴻禧日永

冬至承應　太僕陳儀　金吾勘箭

玉女獻盆　金仙奏樂

臘日承應　仙翁放鶴　洛陽贈丹

祀竈承應　太和報最　司命錫福

蒙正祭竈

除夕承應　金庭奏事　錫福通明

藏鈎家慶　瑞應三星

昇平除歲　彩炬祈年

賈島祭詩

如願迎新

文獻館編印

元旦承應戲　喜朝五位　歲發四時

喜朝五位

（男喜神女喜神八方神侍者各執旗上同唱）

〔天下樂〕第韶一光。遍人間喜氣揚揚。恁着咱向地那方。誰個有身心定向。但東西朔南來萬邦。可也一般樣。盤旋天運轉環列皇居壯。合簇春杖。晴薰赤羽、聖主正當陽。（衆喜神白）七情最是喜居先、魚喜江湖鳥喜天、皐皐人民逢聖代、欣欣草木入新年、吾等諸方喜神是也、自天上列闕逢之序、與世間結歡喜之緣、今者節遇三元、時逢四始、吾神向宸居以北拱、偕淑氣而東來、同祝聖壽無疆、長見天顏有喜、普天之下、率土之濱、眞乃喜之不盡也、吾神須各歸本位者、（唱）

〔前腔〕則見的比屋焚香。換桃符萬戶相當。老人多小兒又長。醉飲屠蘇休讓。梅花韻中春晝長。喜得個沒安放。都來兩眉尖常在一心上。合羣歸嚮鬱葱佳氣、直北是天閶。（白）此爲天下一定的大喜神方、吾神逢合而生、逐日而

轉、不過小小之喜耳、你看那邊又有五個和合、笑嘻嘻一齊來也、（衆白）你看五個和合笑嘻嘻一齊上來也、（衆和合上唱）

〔春從天上來〕勾肩抱頸配的等樣。長行的來脚步還相彷。笑眼迷離、哆笑口到耳根旁。俺十個原來五雙。他們十個是五個兩。若個差排。一繩兒擺雁行。（衆喜神作微笑科和合唱）合伊休暗想。（衆喜神作微笑科和合唱）你休遠望。（向外同場唱）相看不覺心歡暢。（和合白）久旱逢甘雨、他鄉遇故知、洞房花燭夜、金榜掛名時、這四喜人人所喜、諸神名爲喜神、喜的是什麽、（喜神白）吾神喜的是什麽、只要人人喜、吾神亦喜、（唱）

〔解三醒〕喜的是順天時春生夏長。喜的是逗人懷鳥語花香。喜的是東風著物都一樣。喜的是吹不到的醉紅頰上。喜的是田家雪後忻宜麥。喜的是郇女墻陰思採桑。喜的是春和盎。喜的是元宵近也燈月交光。（和合白）可喜可喜、（喜神白）看了如今世界、一切衆生、一般兒含著喜意、吾神那得不喜也、（唱）

〔前腔〕喜則喜玉磬金鐘天籟響。喜則喜翠靄彤雲御案香。喜則喜朝元曉列蓬萊仗。喜則喜交泰運正綿長。喜則喜當年沙漠今官廨。喜則喜此日膏腴古戰場。喜則喜靈威仰。喜則喜條風應律令佈東皇。（向和合白）爾神何故而爲和合、（和合白）俺那裏曉得不過天地絪縕、太和訢合、譬如日干不外五行、有尅有化、有合有生、便有喜神、此母見子而喜也、（喜神白）今日到此何幹、（和合白）今日乃歲之朝、月之朝、日之朝、故此名曰三朝、諸神環向皇都、須要分外添些喜氣、個個成雙作對、待俺和合、與你做個撮合山、爲此而來、（喜神白）多勞了、（作擺式科同唱）

〔甘州歌〕車書會八荒。指旋樞不動。在天成象。紘埏運掌。中外同慶春王。羣神此日眉盡揚。倏往忽來來又往。盤珠滾。磨蟻忙。渾如奔馬驟飛光。騰皇路。遊帝鄉。管教面面喜神方。（白）奇嗄、好一個大喜字、從天而下、恰好值年歲星、迎着吾神而來、定然覩此奇祥也、（唱）

〔慶餘〕人神歡喜眞無量。正元日喜從天降。穩聽取喜起賡歌虞廷共拜颺。

（下）

歲發四時

（值年新太歲跳上唱）

【探春令】未央宮殿彩雲開。起紅輪東海。太平春着俺司年再。打掃這空祠待。（白）三元甲子轉如輪、一遍俄經六十春、多有老翁誇絳縣、惟書亥子與時人、俺乃值年太歲是也、想着卸事以後、閒坐了五十九年、如今又輪俺值年、幸喜海宇承平、人民富庶、今早簇新上任、正逢元旦、百姓們、免不得都要燒俺一支香、自然熱鬧也、（唱）

【園林好】想趂曉朱扉洞開。管踏破庭前繡苔。昨日里幽閒瀟洒。我也要遇時來。（白）外面聞有鼓樂之聲、迎俺的早到也、（開道鑼捐牌八執事值日將勅印官童子二人分立見科白）啟爺、小將齎到勅印、冠戴候爺上任、（太歲白）各役可曾齊集、（值日將白）齊備多時、（童子白）今日上任吉期、請更冠服、（作冠服科同唱）

〔前腔〕戴正了簪花帽歪。（着袍科同唱）便把那清風袖擺。（束帶科同唱）寬圍着橫腰金帶。合打扮似狀元來重。（太歲白）就此打道、須要迎着喜神方而走、（衆應科同唱）

〔前腔〕看引馬朱旗對排。正指着東郊氣佳。掉下這一天光彩。合那答里送春來。重。（衆作見喜字科白）啟爺、前面有一個大喜字、從天而下、（太歲作望科白）妙嗄、眞個好大喜字也、快些前去取來、（値日將白）此字乃精光結就、和氣團成、在有形無形之際、如何取得、（作收喜字科白）說話之間、早已收入祥雲、散布京師、遍天下矣、（太歲仰視科白）果然果然、（作下福字科收上科衆唱）

〔前腔〕見大喜天邊送纔。又大福雲端布開。總不是墨花飛灑。合都帶着好春來。重。（太歲唱）

〔瑞慶子〕感蒼穹覆物都一槩。下徹三霄到九垓。豈能贊上天之載。合無聲臭沒安排。唯生物但因財。（執事春官夏官秋官冬官上同唱）

〔尹令〕一自把曹司分派也。沒有閒員宜汰。四序成功相代。年去年來。日月相催久矣哉。(分白)我乃春官是也、我乃夏官是也、我乃秋官是也、我乃冬官是也、今乃歲君蒞任、禮應叅見、(作見太歲科白)小別行年又六旬、(太歲白)一回相見一回新、(衆官白)分明累洽重熙日、(太歲白)五畸壇前有老臣、(對坐科太歲白)前度相逢、尙憶海宴河淸之日、(衆官白)今朝重見、仍遇星輝雲爛之時、(太歲白)天行有度、聖祚無疆、我等於光天化日中、常常相遇、好不慶幸也、(唱)

〔品令〕堯雲舜風。億兆樂春臺。因天因地。懷柔及吾儕。要和那五行之吏、受職胥無懈。三時不害。消受春祈夏賽。合羣囧皇圖。那怕這泰山如礪河如帶。(太歲白)咳、(衆官白)何故喟然、(太歲白)我想匆匆浹歲、便遇瓜期、比不得諸神、久於其職、効力爲多、(衆官白)如此昇平、小神何以可効、自古道、天道不言而歲功成、聖人無爲而天下治、當今聖天子、授人時以作訛成易、自然庶績咸熙、行月令而慶賞刑威、自然四時不忒、我等何力之有、(太歲白)果然說得有理、天之大德、尚且不居其德、聖天子之洪恩、尚且不有其恩、諸神何力之有、雖然如此說、到底有官有職、不可不盡、若但以太平無事爲辭、必至偷安頹惰、曠官之誚、恐不能免也、（衆官白）我等敢不黽勉、歲君面如傅粉、唇若塗朱、隔五十九年不見、越發少年了、（太歲笑科白）列位道我年多少、（唱）

【彩衣舞】你看俺一似紅孩也粉孩。不揣的年多大忘却了。鴻濛以來到今幾代。喜虞天五色雲還在。正人心鼓舞天心快。合因此願羣神率職恒無怠。（白）卽煩列位、傳集諸司、同往神京朝賀、（衆白）領命、（同唱）

【慶餘】好時光清世界。一路裏車闐馬溢。不覺的拍拍春風已滿懷。（下）

文獻館編印

元旦承應　文氏家慶

（雜扮文彭冠帶一老院公隨上唱）

【雙調曲子海棠春】層層冠蓋先春殿韻。如的個昇平人願韻。（雜扮文嘉上唱）瞻望大春年韻。五世同歡忭韻。（白）下官國子博士、文彭是也、下官和州學正、文嘉是也、父親在朝、原爲翰林待詔、告老家居、且喜年登九十、矍鑠康健、更喜孫兒震孟、又中鼎元、風雅榮光、當今無比、今日乃新正元旦、理應請老父出來、稱觴獻壽、院公、你到後堂去、傳齊各位少爺小爺、一同向太老爺拜賀、（老院公應科下文彭白）兄弟想起我們家樂事眞個千金一刻也（文嘉白）正是、

（仝唱）

【雙調曲子步步嬌】愛日堂開情依戀韻。怎把韶光賤韻。塤篪叶後先韻。奕葉書香蘭階繁衍韻。（文嘉白）哥哥去冬震孟孫兒告假初歸、祖孫朝夕相隨、老人家雖不以科第爲榮、畢竟也是喜歡的、（仝唱）合喜得仝日獻椒盤韻。不枉了杏苑探春宴韻。（老院公白）啓上老爺、衆位少爺出來、（雜扮四孫半冠

帶半巾服上唱）

〔雙調曲子〕〔園林好〕論家世簪纓數傳韻。論家學耕鋤硯田韻。（衆揖科白）大人拜揖、（文彭白）我的兒、今日元旦、都隨我上堂去、（衆應科全唱）共喜得老親康健韻。合逢元日拜堂前韻。逢元日拜堂前疊。（文彭白）老父有請、（外扮文徵明穿紅絨衣戴捲簷帽小生扮文震孟冠服代持節杖隨上文徵明唱）

〔雙調曲子〕〔江兒水〕景運開元會句。支節又一年韻。春光九十眞如箭韻。（白）我文徵明、淸芬世業、風雅主裁、袖底虹霓、不讓鄭虔三絕、筆端風雨、怎輸李白一杯、只爲仕宦情疎、但覺蓴鱸味好、光陰忽忽、又報新年、提起來、好笑人也、（唱）想當初金門染翰留仙院韻。光依日月承天眷韻。親見上林春轉韻。合昨日今朝句。那覺韶華已遠韻。（衆兒孫挨次拜畢老院公白）幾位小相公出來、

（四曾孫扮元孫上唱）

〔雙調曲子〕〔五供養〕春新臘遠韻。騎竹兒童讀。共拜堂前韻。（白）老爺爺、我小孫兒要來拜年了、（文徵明白）怎麼教做拜年、（元孫唱）你聽噫如雷

文獻館編印

喧爆竹句。你看嚥　楚楚綵衣鮮韻。（文徵明白）過了年、你們做些什麽、（元孫白）老爺爺、我們今年呵、（唱）我讀完小學句。還要覔三墳五典韻。（文徵明白）你小兒家、讀這些書做什麽、（元孫白）又來了、（唱）合那時節催人老句。怕遷延韻。（白）趁着小時節、（唱）好把縹緗萬卷盡鑽研韻。（文徵明笑科白）好、有志氣、（又向曾孫等白）老人技藝太多、無所成名、或輕我爲畫家、或奉我書家、不知我平生自負、詩爲第一、今年詩稿上第一首、少不得又是元旦、詩、孫兒、取筆硯過來、（衆全應科一孫捧硯一孫磨墨一孫鋪紙一孫奉筆其餘長幼作繞案環視文徵明作寫科唱）

［川撥掉］雙袖捲韻。把吟髭還笑撚韻。颺不下筆墨因緣韻。算不了歲月催遷韻。破題兒今春首篇韻。合付兒孫曾又元韻。付兒孫曾又元疊。（作寫畢付與二子科二子同接讀孫曾等從旁看科其詩云）勞生九十漫隨緣、老叟支離幸自全、百歲幾人登耄耋、一身五世見曾元、祇將去日占來日、誰謂增年更少年、次第梅花春滿目、可容愁到酒樽前、（讀未畢門公上白）芳蘭方繞室、桃李

又迎門、（入門科白）門生王寵、陸師道、陳道復、王穀祥、彭年、周天球、錢穀、到門賀節、（文徵明白）這幾位不比別的、道有請、（門公下雜扮門生七人上白）立雪門墻如昨日、吟風几杖又新年、（門公白）相公竟自進去罷了、（下門人入見白）老夫子在上、門人拜年、（文徵明白）不必了、（門人又與文彭等相見畢作見案上詩科白）老夫子、已有元旦詩了、（取看作吟科一人白）眞個游夏不能贊一辭、（又一人白）卽就百歲幾人登耄耋一身五世見曾元這兩句不是千古詩人做不出、只是千古詩人學不來、將見老夫子、身世俱康、人文並壽、諸弟子之幸也、（文徵明白）太宰直否、（門人白）眞景眞情、愈直愈妙、故此遠方思慕、如日本琉球諸國、要求書畫詩文、使者等候多時、念他遠來誠意、就將此詩、打發他去、不知可否、（唱）

【雙調曲子醉公子】漢廷方朔句非隱還非見韻。這一點文星讀。只在玉磬堂前韻。名遠韻。到海外扶桑讀。勝似那價重鷄林的白樂天韻。合眞和贗句。想不少知音讀。彼有人焉韻。（文白）老夫的墨蹟、傳遍人間、非獨靳於海外、正欲使蠻人、尊我中華耳、賢契說他候久、便把元旦詩寫與他、却也不妨、但不要受他贄金、(門人白)弟子知道、告辭了、(文徵明白)百歲老人與賢輩年年相見也是難得的、今日兒孫俱有家宴、一同坐坐如何、(門人白)承老夫子見留門人自應陪侍、(文彭兄弟白)便請後堂上席、(門人白)怎好相擾、(唱)

[前腔換頭] 文讌韻。畫堂深珠簾遙捲韻。愛兩樹高桐讀。彩鳳騰鶱韻。(文徵明以下全唱)隨便韻。這草草辛盤韻。難得門生到偶然韻。(衆全唱)合歡慶處句。但願歲歲朝朝讀。同會華宴韻。(門人白)曲折得緊、(文彭兄弟白)轉過迴廊就是了、(門人唱)

[尾聲] 後堂絃管引彭宣韻。(文徵明唱)且落得百年康健韻。(衆全唱)須知道善自人爲福自天韻。(全下)

文獻館編印

立春承應　早春朝賀　對雪題詩

早春朝賀

（扮張九齡上院子暗上張九齡唱）

【點絳唇】蘭愜堯衣。麴參說齊。三台貴。玉鉉顛頤。愧殺鹽梅職。（白）下官張九齡、表字子壽、曲江人也、洊歷鈞衡、未報皇朝恩遇、漫傳風度、虛蒙聖主褒嘉、幸的海宇太平、朝廷無事、官清民樂、歲稔時和、今日節屆立春、羣臣朝賀、不免整肅冠裳、早赴紫宸則個、（作整衣科白）迤邐行來、五鳳樓又已在望也、

（唱）

【混江龍】則聽那禁鐘迢遞。就中報徹一聲鷄。則見那朱霞天半。彩映琉璃。宮闕高寒雖起粟。乾坤淑氣自潛回。烟光掩映曙色模糊。隱現的鴻龍紫鳳如圖繪。（白）滿地霜華、好生滑擦難走、（唱）只爲這天街霜滿馬影遲遲。（下小花郎上白）一生花裏過時光、萬紫千紅夢一場、偷得花兒深巷賣、得錢沽酒亦花香、小子張老爺府中、一個花郎便是、俺家老爺叫我看管花園、一顆樹也

不許傷損、一朵花也不許擅採、我想園中的花、都是我勤勞澆灌的、如今這園裏的花、無非是迎春、探春、紅梅、白梅、各種名花、俱已開了、不免偷他幾個、換些錢鈔、沽壺酒吃、酬勞酬勞、豈不是好、這朵不好、這朵也不好、那朵好、（梅香上白）花郎、（花郎白）姐姐淸早到園裏來作什麽、敢是偷花麽、（梅香白）你在這裏、賊頭賊腦、偷花去賣、反到賴我、待我去告訴老爺知道、（花郎白）我把這些花送你罷、（梅香接花白）饒你、方纔夫人吩咐、明日老爺、要來遊園、叫你打掃花徑、（花郎白）這個小子理會得了、姐姐請回請回、（梅香白）我去了我去了、（下花郎白）咦、你看凍雲密佈、紛紛的下起雪來也、（唱）

【么篇】你看這綠階拂砌。勒回香氣駐芳菲。古梅肥玉。嫩柳龐眉。漸漸的鹽屑堆來渾似虎。紛紛裏瓊英飄處欲沾衣。（白）好大雪哩、（唱）一霎時排成銀宇。裝就瑤京。好教我帚兒掃却還鋪地。眞個光天晃耀。幻境離奇。（白）今日立春、下這場大雪、果然是瑞雪、這都是皇仁聖澤所致、我身上有些寒冷起來了、不免到廚下、吃口熱湯水、在來伺候、（下）

對雪題詩

（扮老夫人梅香上白）萬年枝蔚沾天酒、三素雲開望玉宸、興慶首行千命婦、起居八座太夫人、老身叨蒙聖恩、席茲家慶、榮華富貴、强健安康、今當立春、瑞雪、相公入朝將回、已曾安排筵席伺候、正是酒逢樂地芳樽罄、人遇歡塲笑口開、（張九齡上院子同上白）紫宸朝罷聽傳餐、玉餌瓊肴出天宫、齋日未成三爵禮、早春先試五辛盤、（夫人白）相公回來了、（張九齡白）回來了、夫人今日朝賀、上賜春盤、下官效曼倩懷肉、歸遺細君、榮君賜也、（夫人白）多謝相公、今日排宴園中、大家去快飲一回、賞雪吟詩、有何不美、（張九齡白）極妙的了、春盤春酒年年好、試戴銀旛判醉倒、（夫人白）一陣春風吹面香、萬樹瑤葩開不了、（下花郎上唱）

【後庭花】燒刀灌幾盃。春風入肚皮。薰薰的兩脚踹天地。辨不出池塘厓徑堤。雪迷離且來花下。華胥一夢宜。（梅香上白）噲、花郎爲何在此打盹、（花

郎白）做甚麽、（梅香白）老爺夫人卽刻到了、快些把花徑積雪、掃開了些、

（花郎白）是、（作掃雪科張九齡夫人上梅香院子張九齡夫人唱）

【么篇】園林點染奇。氷壺澈四圍、想當初鶴氅神仙侶。遍舟到剡溪。冷詩脾。我這裏淋漓清興開樽一醉宜。（張九齡夫人白）就此排宴、（梅香白）吩咐排宴、（院子應科上張九齡夫人虛白科張九齡白）夫人、今日立春、你看萬物欣欣、多含生意、對此佳景物暢歡一盃、（梅香斟酒科張九齡夫人同唱）

【村裏迓鼓】暢好是綺筵開處。菜盤新味。也揀得金貂解換。陶陶也渾忘醒醉。須把鸚鵡卮頗黎盞滿傾佳醴。儘眼前。天付與事事美。莫教過眼韶華逝水。（梅香又斟酒科張九齡白）梅香你把庭下花兒折一枝來、（梅香白）是、（折花遞科張九齡遞夫人看科張九齡白）夫人你看帶雪梅花、色香分外幽絶、（唱）

【么篇】今日裏畫堂沉醉。（看花科白）花呵、（唱）偏宜我輩寒苞雪封。留香艷騷壇風味。（白）左右取筆硯過來、（院子白）嗄、（院子捧筆硯科張九齡唱）濡了凍毫。（磨墨科）融了香墨。言泉奔會。咏暗香題疎影。多佳

致。（看詩科白）待我題在壁間、（張九齡唱）看滿壁間龍蛇欲飛。（夫人白）

忽對林庭雪、瑤花處處開、今年迎氣始、昨夜伴春回、（張九齡白）有此佳作、

不虛佳景、賀節已畢、我們回去罷、（同行科唱）

［慶餘］花香雪白天然麗。做美陽和布氣。惟願取雨順風調萬寶齊、（同下）

文獻館編印

上元承應　東皇佈令　歛民錫福

東皇佈令

（扮仙童引東華帝君上唱）

【鵲橋仙】梵華妙炁。始青眞長。七寶芳林沆瀁。元精三景散千方。看萬類含生長養。（白）吾乃東華帝君是也、居蒼洛大梵之府、佈散烟慶雲之中、自從龍漢刼來、不起蓮花座上、資億萬蒼生之福、開大千甘露之門、秦漢以來、每年以正月望日、放燈玩月、至今不絕、雖時俗有今有古、在吾神無喜無憎、前者神光觀照、照見大清國土、主聖民安、嘉祥協應、今值元宵令節、不免駕雲車、驅風馭、臨下界、到帝居降祥散福去者、衆仙童、（仙童應科東華帝君白）可傳宣玉樞上相、呂嵒隨駕、（仙童白）領法旨、（東華帝君白）就此擺駕前往者、（仙童白）領法旨、（衆遶場科同唱）

【八聲甘州】天清氣朗。看瑤空高捧。化日舒長。陽和醞釀。皇州錦繡風光。柳絲婀娜迎仙仗。花氣霏微雜御香。相將祝萬年帝道遐昌。（仝下）

歛民錫福

（扮王子登上白）碧桃葉上露華收、旭日朝開十二樓、鸞鏡紅棉輕拂拭、水晶簾下正梳頭、自家西池金母座下、紫蘭宮玉女王子登是也、奉西池金母之命、說聞得東華帝君、要降人間、爲大淸國皇帝萬民散福、著我奉請東華帝君、緩行一步、我金母要同去者、只得乘雲前往傳話也、椒殿春雲麗、蓂階化日長、（下呂嵒上唱）

【風入松】朝遊碧海暮瀟湘。袖裏靑蛇滉瀁。（白）俺呂嵒、奉東華帝君之命、前往京畿、做個鄉導、你看那邊彩雲一朶、上有一個女仙、有些認得、可不是王子登麼、（王子登上唱）絳霄蓬島時來往。斗杓運回環聲朗。（王子登白）仙師萬福、（呂嵒白）玉女何來、（王子登白）奉西池金母之命、來約東華帝君、同到大淸國土、散福者、（呂嵒白）帝君隨後來也、我等同去迎迓、（王子登白）說得有理、（仝唱）催飈駕鶴轉霞驤。旆容。容。雲溻溻。（仝下仙女引西池金母上白）生不知老、與天相保、看滄海幾遍桑田、笑日月跳丸不了、

文獻館編印

吾乃西池金母是也、趁此良辰吉日、離却懸圃閬風、暫往塵寰走遭者、你看那邊旌節幢旛、定是東華帝君來也、（仙童引東華帝君呂嵒王子登上遶場科仝唱）

【前腔】中華帝治日輝光。說甚人間天上。萬民樂業壽而康。人文闡皇風遐暢。握玉鏡治具畢張。憲坤典式乾綱。（各作相見科東華帝君白）王母勝常、（西池金母白）帝君萬福、（東華帝君白）欣逢大清天子、致治太平、理當降福、請金母顯現神通、（西池金母白）怎敢占先、帝君請、（東華帝君白）有占了、玉樞上相呂嵒、（呂嵒應科東華帝君白）速宣雷公電母、風伯、雨師、並雪霜雲霧、四玉女、來領法旨、（呂嵒白）領法旨、雷公、電母、風伯、雨師、雪霜雲霧、四玉女、諸神何在、東華帝君有旨宣召、（雷公電母風伯雨師雪女霜女雲女霧女上仝白）領法旨、（衆遶場各作參見科東華帝君白）爾等諸神、須要各守職分、應時及節、務使五穀豐登、百昌蕃廡、莫煩聖天子、宵旰焦勞者、（衆仝白）領法旨、（西池金母白）紫蘭玉女王子登、（王子登應科西池金母白）速宣高禖夫人、衛生夫人、保嬰夫人、廣嗣夫人、并語忘敬遺二神將、司弓司矢兩金童、來領法旨、（王子登白）領法旨、高禖夫人、衛生夫人、保嬰夫人、廣嗣夫人、語忘敬遺二神將、司弓司矢兩金童、諸神何在、西池金母有旨宣召、（高禖夫人衛生夫人保嬰夫人廣嗣夫人司弓司矢二金童上白）領法旨、（衆遶場各作參見科西池金母白）爾等諸神、務必各司其事、保護皇宮、則百斯男媺美周家者、（衆全白）領法旨、（各作舞式科全唱）

【掉角兒序】論休徵曰時雨暘。皇心内以聲求響。既夙夜昭明典常。定六合太和翔盎。更有那詠關雎。歌麟趾。頌樛木美螽斯。慶御家邦。合三多永享。萬福穰穰。達要荒。盡嘉生繁祉千萬倉箱。（東華帝君白）我等乘此月輪正滿、各回仙界去也、（西池金母白）帝君請、（東華帝君白）請、（衆全唱）

【慶餘】靄空香回天杖。九麟齊駕踏雲光。望人間燈月正輝煌。（衆全下）

燕九承應　聖母巡行　羣仙赴會

聖母巡行

（扮仙童侍女引聖母上全唱）

【八聲甘州】八方居坎位。錫十賚霓裳。羽蓋煌煌。棲眞北嶽。保護着龍簡千章。鎮是那碧紗洞裏乾坤別。紅樹枝邊日月長。每歲也控鶴下瑤閶瑞應昭彰。（坐科白）洞靈尊上品、寶籙列羣眞、出入調胎息、虛無養谷神、丹山乘翠鳳、瑤圃馭斑麟、水德由來王、星軒方嶽巡、我乃北陰聖母是也、超遙曠外、翊贊元天、涖北嶽以稱尊、並西池而闡化、珠幢玉節、籠罩着華蓋祥雲、貝闕琳宮、掩映的璇題寶篆、雖處積陰之境、每輸就日之誠、遙望人寰、欣逢聖代、瑞露降而赤烏集、景星見而珠草生、民躋壽域之中、裕樂春臺之上、正是龍旗焜耀星辰正、雉扇曈曨日月明、（一侍女白）啟娘娘、年年正月十九、下降塵凡、考察生人功過、從官已經齊集、未知先往何方、候旨排駕、（聖母白）先往神京去者、（一侍女白）領法旨、（作傳科白）奉娘娘法旨、擺駕先往神京去者、（侍

從判官上仝唱）

【么篇】疾颼颼飈輪乍御。一霎裏天風吹下白雲鄉。處處裏民安物阜。震宮早動青陽。休說道來經玉樹。三山遠去。隔銀河一水長。遙只見覘士也兆農祥。咸相慶世道遐昌。（判官白）啓娘娘、前面已近神京了、（聖母白）那邊人烟湊集、燈燭輝煌、是什麽地方、（判官白）這是阜城門外的白雲觀、（聖母白）緣何今日這等熱鬧、（判官白）當日邱長春眞人修煉之所、每年正月十九、四方雲集、俗傳爲燕九佳節、爲此熱鬧、（聖母白）原來爲此、不減着坐萬靈于房軒、散華香于玉宇、留連八瓊之室、曲宴九琳之堂、好勝蹟也。（唱）

【大安樂】果然是皇居瓌麗山河壯。阜城門外豎仙幢。想着伊獨開封檢試砂床。趁着好春光勝跡羨流芳。（白）且按雲頭、到彼流覽片時則個、（衆仝白）領法旨、（仙童引呂純陽上白）翶遊碧海暮蒼梧、袖有青蛇膽氣麤、三醉岳陽人不識、朗吟飛過洞庭湖、（作參見科白）聖母稽首、（聖母白）洞賓先生何往、（呂純陽白）往神京白雲觀去、（聖母白）可也是到長春眞人

那邊赴會麽、（呂純陽白）正是、那邱長春、原是我與他度仙的、（唱）

[元和令] 塵軼永消除。空筌猶景仰、已分甜雪飲紅漿。飛撤九障。至今觀裏白雲深。松壇樹影蒼。（白）自元朝以來、相傳今日、羣仙降臨、所以遊人畢至、冀遇神仙超度、聖母今日也是下降之期、爲何仙旆却也到此、（聖母白）今日巡行下界、見那邊士女喧闐、知爲神京燕九之節、亦欲到彼一觀勝概、（呂純陽白）如此甚妙、即請同行、（衆遶場科全唱）

[尾聲] 騎驂驔幟飄颻。帝城春色大文章。則見那五雲深處。場開百戲盛鋪張。（仝下）

羣仙赴會

（扮韓湘子上白）

子夜飡瓊液、寅晨咀絳霞、琴彈碧玉調、爐煉白硃砂、我韓湘子、素愛逍遙、頗躭淡泊、自別純陽師父以來、常携着漁鼓拍板、月下一樽、松間一曲、委實的洒落也、趁此春光明媚、不免閒步一回、前面又是藍采和來了、（藍采和詠歌上白）

踏踏歌、藍采和、紅顏一春樹、流年一擲梭、（作相見科白）韓仙長到那里閑耍、（韓仙子白）偶然散步、可肯同遊、（藍采和白）正要嘗逡巡酒哩、（韓湘子白）不如先開個頃刻花你看、（藍采和白）最好、（韓湘子作聚土開花科唱）

【聚八仙】巧奪天工。是何須剪綵。頃刻裏能開。獨擅場。（藍采和接花看科白）開來好朵鮮花、人說碧花似牡丹、一些不錯、如今要嘗酒了、（韓湘子作開樽造酒科唱）瀲灩的甘醴盈缸。逡巡造得也又何妨。這個中全是元和醞釀。（作酒熟科藍采和白）這酒眞是逡巡而熟的、好淸香得緊、（唱）美酒名花兩相向。判不得誰花史孰酒狂。（各席地坐飲酒科全唱）酒人容放浪。花塢堪跌宕。韶光到眼也知多少。這風味不減那羲皇上。共陶然一醉神酣暢。儘優游正陽和化日舒長。（李鐵拐上白）好嗄、你二位好快活、不挈帶我鐵拐李麼、（藍采和白）我藍采和也是不速之客、（李鐵拐搶酒飲科唱）

【么篇】解造逡巡應見餉。（白）你兩人竟是對飲、（唱）齊剪剪擊着霞

觴。暖融融泛着玉漿。偏背着淺斟低唱。撩撥我指點銀瓶索酒嘗。（張果老上
唱）結隱中條謝塵鞅。常贏得靜裏乾坤大。閒中歲月長。（作相見科韓湘子
白）張大仙何往、（張果老唱）乘興漫徜徉。（藍采和白）驢兒騎錯了、（張
果老唱）蹇驢兒何妨着倒騎將。（白）誰不曉得我張果老、倒騎驢麽、（韓
湘子白）今從何往、張果老唱）似閒雲野鶴任伊孤往。（李鐵拐白）何
不下了驢兒、隨喜隨喜、（張果老白）使得、（作下驢吹氣驢即隱下張果老
唱）我使得也追歡賞。識仙家行跡不尋常。且撇下虎鉛龍汞相調養。（李鐵
拐白）咦、雲頭起處、何仙姑來也、（何仙姑上白）金壺新煉乳、玉釜始煎
香、衆位大仙、今日難得聚會、（藍采和白）仙姑你笠[illegible]是什麽花、（遞花科
白）哪、這枝是韓湘子方纔頃刻開的、比那些嫣[illegible]覺得香色可人、
（何仙姑白）果然是瑤草琪葩、非人間所有、請[illegible]帶着些酒態、
却是爲何、（李鐵拐白）我們纔嘗韓大仙的[illegible]果老白）是嗄、
（唱）

文獻館編印

【抅芝蔴】糟床壓也香。美甘甘底用花村酒幔張。（藍采如唱）牡丹兒開如歐碧樣。把那些姚黃魏紫句。一齊都讓。（李鐵拐白）有什麽希奇、只管在人前賣弄、你看如今、陽和布澤、滿天下的草木、盡會敷榮起來、這纔見天地無私也、（唱）淑氣方駘蕩。萬物盡榮昌。好是發生辰句。柳舒梅放況近上林傍。（曹國舅漢鍾離上仝白）衆位大仙好快樂也、（衆仙白）暫時乘興、（李鐵拐白）蟠桃會上的八仙、邂逅間將次到齊也、（衆仙白）還有一位、（李鐵拐白）是那一位、（衆仙白）純陽先生、却沒有來、（漢鍾離白）純陽先生、只怕赴白雲觀燕九會去了、那能得他到來、（張果老白）我們何不也赴白雲觀會上去、（曹國舅白）這也儘妙、（韓湘子白）燕九佳節、神仙每每到的、所以引得這般熱鬧、（張果老白）這一位邱長春、也不希奇了、（漢鍾離曹國舅白）然而今日之會、却因長春而設、我們也只得逐隊而已、（何仙姑白）俺們八仙都去、今日更添熱鬧着也、（曹國舅白）怕他肉眼未必識得神仙、（韓湘子白）那些遊人往往看見、不衫不履的道人、都認做邱長春、李大仙携了這枝拐杖、人人都要來求你、（藍采和白）曹大仙、鍾離大仙、這樣的鶴骨松貌、纔顯得是神仙中人、若李大仙、不免被人將神仙認做乞丐了、（李鐵拐白）你們好沒見識、要知乞丐、纔有神仙、（藍采和白）韓大仙解造逡巡酒、能開頃刻花、憑你白雲觀前作大會的、從沒有這般的伎倆、（李鐵拐白）我們益發該去、（全唱）

【幺篇】白雲觀裏紛紛祈望。鬧得箇塵容俗狀。（白）今日呵、（唱）遍吹暖律時和盎。心神怡曠。挈伴而遊紫翠丹房。可以那望三峰拜七眞堂。個個的長春。也春無量。（白）吾等即此前去、（唱）何消駕羽輪。京國遠相訪。惠風輕。紅日朗。早納西山爽。（侍從判官侍女仙童呂純陽引北陰聖母上全唱）小有洞非遙。大羅天最廣。遙見那陣陣的雲珮霞裾。何處羣眞降。（呂純陽白）原來是我會中仙侶、（衆仙白）北陰聖母同呂大仙何往、（聖母呂純陽白）往神京白雲觀去、（聖母白）衆仙何往、（衆仙白）也到白雲觀赴燕九會去、（聖母白）既如此、衆仙請、（衆遶場科全唱）

〔尾聲〕今朝勝侶同遊賞。蓬萊雲近荷恩光。較比那燕市的收燈節更忙。

（全下）

花朝承應　千春燕喜　百花獻壽

千春燕喜

（神從仙童引牡丹花王上唱）

【四園春】盡日靈風不滿旗。催花雨及放花時。花宮簇簇七襄機。萬紫千紅皆有期。牡丹成無對。造化豈其私。（白）自家牡丹花神是也、自李唐以來、世人盡道我是花王、人心如此、我少不得在百花中稱孤道寡、每年二月十五、唐朝謂之撲蝶會、又叫做花朝、小妮子們就說是百花生日、我爲百花之尊、少不得是我的聖誕了、後來那些冶遊文士、嬌癡女娘、等不得十五、又移前了三日、說二月十二是花朝、少不得是我的生日、又移前了、正是宛轉從人世、逍遙任化工、今日又是花朝、諸花神定來上壽、仙童請花妃上來商議、（仙童白）花妃有請、（海棠花妃上唱）

【山花子】豔香浥骨終難洗。華清一夢差池。恁千年雨冷雲疑。倩香魂月下裳霓。（白）自家楊玉環、今爲海棠花神、只因俺玉環春睡、被三郎喚做海棠、後來文人綺語、把奴喚作花妃、俺玉環便成了海棠了、今日花王有詔、只得前往見駕、（作見科白）臣妾朝參、（花王白）妃子少禮、（唱）俏東風春光裊怡。千條嫋嫋楊柳。齊朱樓美人珊枕迷。海漾深情棠蕊端倪。（白）妃子、今日孤家生日、諸花獻壽、想即到來、作何款待、（花妃白）且待到來、借花獻佛、在御苑歌舞一回何如、（花王白）妃子言之有理、（同唱）

【舞霓裳】雨露千門布恩輝。紅紫三春鬬芳菲。鬬芳菲。向御園高下齊排比。早則震遊雲外拂鸞旗。掩映着深紅密翠。合昇平世看錦繡韶華正佳麗。

【慶餘】趨紫禁朝丹陛同瞻仰天顏有喜。則俺這一點丹誠。好比做向日葵。

（同下）

百花獻壽

（男女催花使者上全唱）

【太平令】綠瘦紅肥。春色平分逞艷奇。巫雲婉娩深叢綺。百千種鬬腰肢。

（神從花童花王花妃上花王白）白玉堂前欣托根、衆香國裏獨稱尊、（花妃白）而今更喜穠華好、長沐天家雨露恩、（見科花童使者白）今日花王華誕、我等敬來慶賀千秋、（花王白）平身、諸花聽者、吾輩生同一日、慶洽三天、遭逢這盛世昇平、受用些鳥歌蝶舞、識得東風一面、早知北極三無、均蒙仁到根荄、我豈言多枝葉、趁此良辰日吉、在此歌舞一場、倘蒙天笑也報春暉、難道只是松栢有心、翻讓那些犬馬戀主、（衆白）領法旨、（同唱）

【古山花子】賞春嬝娜東風裏。春色釀成和氣、春滿人間。春綻萬紅千翠。春情雅宜。春燕成春壘。春情倚春如醉。春臺熙熙。春景正遲遲。春來早起滿目春光麗。仲春時間春有幾。春未三之二、莫惹春愁一分塵土二分流水。春暖春烟。春雨濺春池。春草上靄然春意。園柳春禽賦春詩。賞春花春酒泛春杯。春樹滿春桃春李。聽得春鶯囀春啼春老春雲邐。悄青春春夢惜春時春去後。留春無計。春知我我知春。春在春枝裏。（走勢科花王白）妙嗄、你看千葩逞艷、萬卉爭妍、宛同錦繡之紛披、多恐胭脂之狼籍、果好方春之樂事也、爾時年年此日、以此例同、效葵衷來向御筵、呈獻嘉祥、（衆白）領法旨、（同唱）

〔慶餘〕願君王千春長燕。喜共上春風萬壽杯。我曹呵歲歲年年春日美

（同下）

浴佛承應　六祖講經　長沙求子

六祖講經

（張仙仙女引九子聖母上白）

洛下麥秋月、江南梅雨時、梁間巢燕子、天上送麟兒、吾乃九子聖母是也、今當四月初八下界、衆生供養求子、吾神意欲前往、現身說法。正所謂慈悲爲聖母、陰隲見婆心、張仙就此駕雲而去、（張仙白）領法旨、（合唱）

【南鄉子】則俺這袖底結仙葩、韻首夏清和風物佳。（張仙白）敢上娘娘、六代祖師、前往西天浴佛、（聖母白）可駐雲端相見、（合唱）幾朶慈雲迎慧日香花。原來是連袂西方開寶筏。（六祖上唱）

【古竹馬】恒沙。笑娑婆世界迷來意。樹心花。怎知於此間。掀翻六度徘徊三駕。（六祖白）吾乃圓覺禪師達摩是也、吾乃大祖禪師慧可是也、吾乃鏡知禪師僧燦是也、吾乃大醫禪師道信是也、吾乃大滿禪師弘忍是也、我乃大鑑禪師惠能者也、（六祖白）聖母娘娘稽首、（聖母白）請問六位法駕何往、

（六祖白）今日乃我佛如來、雪山成道、在熙連河說經之日、某等前往聽講、（聖母白）請問如來所講何經、（六祖白）我佛說法、共爲五時、（聖母白）第一、（六祖白）華嚴經、（聖母白）第二、（六祖白）鹿苑講的、阿含小乘經、（聖母白）第三、（六祖白）諸大乘經、（聖母白）第四、（六祖白）舍衛國諸處講的、諸部般若、（聖母白）第五、（六祖白）就是耆闍崛穴山、娑羅樹間講的、法華大涅槃經、（聖母白）請問六位、一向在於何處、爲何今日纔往西天、（六祖白）聖母娘娘有所不知、（唱）偶然幻作唐言客。今日裏西來銷假。恰逢著佛日光華。（白）請問聖母娘娘何往、（聖母白）我爲人間求子、特地前往賜福、（六祖白）善哉善哉、（聖母白）佛法無邊、請問六位、何以教我、（六祖白）想我佛在兜率天宮、下降之時、國中八萬四千長者、都生男子、爾時衆生福量種種、（唱）看聖誕祥敷。那般若波羅無縫罅。（白）暫別了、（聖母白）請、（六祖唱）可知道菩提有子。不枉了法喜爲家。（下聖母白）阿彌陀佛、效彼毘城、建茲福舍、這些衆生、好慶幸也、（唱）

〔天淨沙尾〕眞個佛力無涯。感生生都做了夢日吞霞。俺且學送子觀音菩薩。則這枝頭楊柳。只索把玉樹芝蘭隨處灑。（下）

長沙求子

（僧八上唱）

〔鬪鵪鶉〕上爲着一鉢三衣。說甚麽五門六法。雖則是禿禿光光。倒也還風風雅雅。說便說色卽是空。笑還笑眞中有假。（白）我們乃長沙寺中、僧衆便是、今日四月八日、衆檀越都來、九子聖母娘娘面前求子、師兄今日我們、好一天生意呀、（一僧八白）他們祈禱子孫、却是我們衣食父母、但不知今年買賣如何、（一僧八白）閒話少說、我們且來鋪設鋪設、把法器打將起來、打的熱熱鬧鬧、好等衆信拈香、（衆白）說得有理、（唱）喜今日過三春逢初夏。照常的把法鼓輕敲。依例的把金鐃齊打。哄那些善男信女。只要他捨米捨錢。管他們弄璋弄瓦。（作鋪設官員十八商八農夫婦八小旦婦八上全唱）

〔繡停針〕纔試了穀雨新茶。早則是梁燕新雛學語譁。那投懷已事如非假。

連宵的夢兒頻佳。（衆僧人法器科唱）猛聽的魚山梵唱。多應是法雨灑蘭芽。（僧人作迎問訊科白）阿彌陀佛、就請衆位居士娘娘上香、（衆作拜科唱合）座高好把長旛挂。但願的螽斯緝緝慶無涯。再把龍天酬答。（官員白）怎麽一霎時、異香馥郁、仙樂錚鋐、半空中似有一朵紅雲墜將下來、好奇怪也、（九子聖母等上高臺科唱）

【紫花兒序】俺則見翠生生梅胎含雨。黃登登麥腹疑雲。艷晶晶桃孕流霞。愛的是無情草木倒做了有情話。不由人不笑眼生花。俺代天敷造化。趁取物候芳華。因此上現一個鸞車芝蓋寶髻金珈。（衆白）原來是聖母娘娘、金身出現了、（聖母白）你們休得諠譁、若有心事虔誠叩禱、靜聽剖判、（官員白）謹遵法旨、（官員跪科唱）

【四般宜】俺腰金衣紫爲天家。（士人跪科唱）俺芸堦芝室洗鉛華。（商民跪科唱）俺餐風宿水多驚嚇。（農夫跪科唱）俺課晴問雨種桑麻。（合唱）論辛苦無冬無夏。更思量無過無差。合怎少眼前花兒星寡。難道是石田荒

确不生禾稼。（聖母白）你們聽者、（唱）

【金蕉葉】也不是五行上辰孤宿寡。又何曾四柱內三刑七煞。休則管貪午夢無端集鴉。你只索問交州因何姓賈。（旦婦人跪科唱）

【鬪黑麻】俺早賦桃夭灼灼其華（丑婦人跪科唱）怎鞦韆幾都成白打。（小旦婦人跪科唱）俺意虔虔羞答答。暗訴衷腸。誰敢露齒張牙。（合唱）合望明神鑒察。把因由仔細查。莫不是前世愆尤都向今生受罰。（聖母白）你們聽者、（唱）

【調笑令】休講恁柔嘉呀。那里是前世擢殘兒女花。笑你個癡心金井繞三匝。喜孜孜先生如達。只怕你轉眼珠圍綻百葩。苦煎煎母氏波查。（衆跪科白）啟上聖母娘娘、元旨幽深、我等乃下界癡愚、未能曉暢、伏願明沛德音、以開覺路、（唱）

【憶多嬌】俺男有家。女有家。男女何時開六甲。望把迷津勘破咱。合啞謎難拏。生擦擦把人急殺。（聖母白）聽我吩咐、（衆白）是、（聖母唱）

〔綿搭絮帶拙魯速〕他那里望眼巴巴。不覺的衆口喳喳。怕的是空中撈月鏡裏拈花。那知池邊百水長魚鰕。山間百木長槎枒。休愁空乏自有個孩兒要。（白）你們可曉得、今日乃是吾佛聖誕麽、（衆白）是、（聖母唱）今日個浴文佛會龍華。神力大誕降嘉。你那些官民呵慢說道竈何能跨。須知道梨自生楂。管教你綿綿瓞瓜弄璋弄瓦。你那些婦女呵、雖不是副笄六珈。也要學后妃賢達。怕不似姜嫄產娃。還教你有了叔夏生了季騧。博得個笑吟吟。爇明香答謝咱。（聖母等下衆白）你看聖母娘娘、冉冉凌空而去、我們今日好僥倖也、且到家中焚香頂禮、以迓天庥罷、（衆白）正是、（合唱）

〔有餘情〕慈光冉冉排雲駕。到家園靜迓休嘉。（衆僧人白）衆信居士娘娘明年今日、務必抱了公子來還願、貧僧們潔齋伺候、（衆白）願從金口、告別了、（合唱）可知道繡佛有靈天錫嘏。（分下）

端陽承應　奉勅除妖　祛邪應節

奉勅除妖

（道童引張道陵上唱）

【端正好】則俺這戴星冠穿霞帔降龍虎袖底虹霓做神仙不管丹成米。向世上清魑魅、（白）素書一束展經綸世業留候異等倫看取步虛朝帝闕、夜闌飛珮近星辰吾乃天師張道陵是也今乃端陽令節是俺道家地臘之期小仙依例朝謁、蒙天帝令我下界剪除五毒、以迓嘉祥、你看這些時、繭收松雪、麥捲隴雲、江競龍舟、門懸艾虎、又是良辰佳節也、衆雲使何在、（雲使上白）天師有何法旨、（天師白）隨俺下界降妖去者、（雲使白）領法旨、（天師唱）

【滾繡毬】又則見黃鳥啼紫燕飛。色澄澄繭絲雪起。浪悠悠麥隴雲齊。那更家家持艾虎。還處處爼靈龜簇錦繡龍舟歌吹傾醽醁蒲醑滿玻璃（白）那邊有些妖氣、衆雲使速速趕上、（雲使白）領法旨、（天師唱）只怕他携來香草疑藏鬼。那畫的天師欲嚇誰。到處方知。（雲使天師下扮五妖女持花籃上

唱）
［普天樂］只爲荷風梅雨尋幽砌。却思量烟迷霧鎖諧佳會。那松稍月照徹流蘇。草頭露味勝酴醾。（一白）列位姊妹、我們乃五毒之精、今當朱明盛夏、幻作紅粉佳人、採拾名花、以消白晝、只怕有人識破、怎麽好（一白）姊妹、這些時正是我們得意之秋、況且如此模樣、有誰識破、我們機關麽、（一白）列位姊妹、只是如今節屆端陽、那些硃砂符、雄黃袋、都爲我們而起、不如避過此時爲妙、（一白）姊妹說那里話來、我們又不是癩蝦蟆、又不是肥烏龜、又不是梟鳥可以作羹、又不是鵪鴿可以剪舌、怕他則甚、（衆白）姊妹說得有理、你看雙雙蛺蝶、傳粉偸香、比着我們好受用也、待我們闖入花叢中去罷、有理、（唱）想蛺蝶是我前生類。待闖入蠅營蟻聚蚊虻隊。有誰人識破神機。消受這南薰天氣。（醫生內白）走嗄、（五妖女白）那邊有人來了、不免迎上前去、（唱）只索耍喬裝風勢。勾引他醉毒如泥。（下醫生一徒弟捧盤盒上唱）
［薔薇花］我行醫。一貼有名把命催。閻王還罵我小烏龜。說我送去何遲。

（白）學生素擅岐黃、街市開張藥行、講究房中秘戲專精海外奇方、個個稱我董奉、人人比做韓康、遇着胎前產後、認作五勞七傷、慣用甘草甘遂、出手麻黃大黃、蔾蘆拌了巴豆、芫花對上砒礵、即刻唇青面黑、登時氣絕斷腸、這壁廂驚倒貝母、那壁廂哭殺紅娘、東家裏結果白附、西屋裏斷送檳榔、不是我與這些病鬼有殺父仇隙、只因我是個催命大王、（笑科）話休饒舌、小子姓宋名忠、別號一貼、在這大街上、開着一個葆元堂生藥舖、叓兼讀了些藥性賦、念了幾個湯頭、公然掛一招牌行醫、今乃端陽令節、弄了些藥料香囊、去主顧人家送送、徒弟、你把那送人的物事、都檢點好了、（徒弟白）都妥當的了、（醫生白）送衆人的另自檢開、那七龍度氣丸、是送褚二回回的、（徒弟應科醫生虛白發諢科老道士道童上唱）

【又一體】掌心雷歷代祖師傳下的。拿妖捉怪煑成虀。預備充饑。（白）叩齒鳴天鼓、咽唾作醴泉、急急如律令、太乙救苦天、（道童白）師父只顧押韻、還有令尊呢、（道士白）賊短命也來捉我的短、小老乃眞大師嫡派、靈佑觀中一個道士、張搗鬼是也、今日端陽、道童、各家的符都要送到、（道童白）曉得、師父、宋一貼在那里、（相見科道士白）老宋你又在這裏、說眞方賣假藥。（醫生白）老張、聽見你着鬼迷特來替你灼一灼、（道士白）舍勾灼、（醫生白）灼者灸也、（道士白）休要嚼舌、前面來了一陣採花女子、十分標緻、何不前去燥個乾脾、（醫生白）極妙的了、（五女上白）眉黛奪將萱草色、紅裙妬殺栢榴花、（相見科醫生道士分白）五位小娘子拜揖、請問小娘子誰家宅眷、甚室嬌娥、那處採花、何方鬪草、願聞其故、乞道其詳、有何不可、如何是好、（五女白）奴家呵、（唱）

【醉太平】蝸廬姊妹。整娥眉蟬鬢。尋芳遊戲。天中節序。採來萱草榴葵。迤邐。看蜻蜓戲水動情癡。怕蟋蟀把秋風喚起。並肩連袂。風流樣子。有誰憐惜。（醫生白）諸位小娘子、無以為敬、送點小物事罷、（取香囊艾虎藥科五女作收科道士白）老道也有點節物、送送諸位小娘子、不要見怪、（送桃符天師符五女丟棄科道士噴嚏大驚科白）嗄、一股毒氣逼人、你莫非是妖精麼、（掣劍科五

女下道士追下）

祛邪應節

（雲使道童天師上唱）

【叨叨令】則聽得鸞兒鶴兒。一謎價嘹嘹嚦嚦的唳。且按下雲兒霧兒。排比下整整齊齊的隊。（道士急上五妖追上下醫生上虛白下天師白）呀、（唱）怎來的妖兒怪兒。特作出𩴾𩴾魀魀的祟。調些個脂兒粉兒。撒出他嬌嬌滴滴的媚。（白）妖魔作祟、不免請神降伏妖魔者、吾今奉請菖蒲使者、艾葉仙翁、雄黃山神、硃砂大將、靈符星官速降、（五神上白）來也、天師有何法旨、（天師白）今有五毒妖魔作祟、仗尊神威力、將妖降來、（唱）兀的不迷殺人也麼哥。兀的不毒殺人也麼哥。（五神白）領法旨、（下五妖追道士醫生上諢科下五神上戰五妖下天師白）此妖毒氣甚重、不免用五雷擊之、雷公電母何在、（雷公電母上白）來也、天師有何法旨、（天師白）下界五毒成精、與我速速殛來、（唱）俺則忙敕着雷兒電兒。恁與俺轟轟烈烈的殛。（雷公電母白　領

法旨、（下五妖追五神上戰下道士醫生上虛白下天師唱）
〔脫布衫〕俺不是終南山進士鍾馗。也不是壽光侯能驅百鬼。又何須神荼鬱壘。看取他本來形體。（醫生上白）嚇殺我也、只道是人間女子、原來是妖怪、如今張搗鬼那里去了、（道士上白）我怎麼睡在這裏。（醫生白）啐、你着鬼迷了、你還不曉得、（道士白）老友、好利害妖精、把我斬妖劍也搶去了、照妖鏡也拿去了、雷令也奪去了、天師印也失去了、掌心雷也不響了、祖師爺爺也叫不應了、一口毒氣竟把我冲倒、不知老兄何以救我、（醫生白）我把雄黃水噴醒你的、（道士白）謝兄活命之恩、無以爲報、（作取硃砂符科白）這幾張符最避邪、送與老兄一世不着鬼、（醫生白）虧你不羞、（道士白）一霎時雷電交加、一定是我祖師顯聖了、快快前去罷、你隨我來、（作諢下五妖急上雷公電母追上遶場下天師唱）
〔三轉小梁州〕霎時間電走虹流任指揮。赤緊的霹靂相隨。那修蛇掉舌總無奇。作盡琵琶勢。蝎尾兒倒垂垂。笑蜈蚣百足步難移。軟哈哈怎向天飛。還

有那蠆針長蜂針細。一丟丟都成粉碎。五毒兒盡離披。（五神雷公電母上白）

敢上天師、五毒已殛、（天師白）有勞尊神法力、雷部諸神各歸天府、（雷公電母白）領法旨、（下天師白）衆雲使、就此回山去者、（同唱）

［尾］從今掃蕩羣邪避。瑞氤氳降福迎禧。俺待掛赤符搖仙珮。依舊在白雲天際。靑冥外駕斑驪。（下）

文獻館編印

端陽承應　正則成仙　漁家言榮

正則成仙

（扮仙童引屈原上唱）

【端正好】羽觴飛句蒲香泛韻。青帘舫載酒江潭韻。暖洋洋景風薰人人心坎韻。天地眞無憾韻。（白）紅日下還升、黃河濁復淸、古今情一往、天地意孤行、懷璧蠅何點、燒芸蠹不生、六經無數字、鎔得九章成、小仙姓屈、名平、字曰靈均、高陽氏之苗裔也、位列天官、身辭河伯、姓屈、性偏不屈、那要他直尺直尋、名平、鳴輒不平、怎顧得多言多悔、早見菖蒲滿泛家家酒、楊柳深籠岸岸船、（內打龍舟鑼鼓生作聽科白）競渡的恁般熱鬧、都是爲俺屈原也、（唱）

【滾繡毬】浪噴花迅槳飛句。水沉雷疊鼓撾。兀那採蓮歌聲如吶喊韻。戲蛟珠呑吐誰探韻。引得個董仲舒捲起帷句。支道林步出菴韻。俺陳摶忙抛枕簟韻。姑射仙倫下幽嵒韻。葉葉兒茜裙妬殺榴花朵句。滴滴的香汗沾來杏子衫韻。都只爲懷古情含韻。（白）俺歷皇朝百年以來、時逢淸宴、運會明良、上下

蒙庥、天人同慶、覺得景物、另外不同、眞好端陽佳節也、（唱）

〔叨叨令〕則見那傍垂楊舟兒。艦兒銜着尾參參差差的纜韻。播薰風蘭

兒蕙兒。透着腦氤氤氳氳的泛韻。萃和聲絃兒管兒迎着耳淸淸冷冷的汎韻。

列班行鵷兒鷺兒。委着珮從從容容的站韻。兀的不快樂殺句也麽哥。兀的不

快樂殺句也麽哥。格儘迂儒筆兒硯兒。信着手淋淋漓漓的蘸韻。（白）俺

屈原、久矣出于九淵之下、登于九霄之上、可笑世人、還要弔我、則索與他說明、

結了這樁公案、可見幽明一致、休戚相關、纔知天問一篇眞爲妄作也、今早恰

遇端陽、意欲顯跡江濱、留跡世上、但恐稠人廣衆之中、不無驚怪、須待二生到

來商議一個法兒、纔好說話之間、二生早到也、（宋玉賈誼上白）微辭遺行巧

誣才、宣室誰聞說鬼來、風捲楚天雲雨盡、漢文皇帝有高臺、我乃宋玉是也、我

乃賈誼是也、（宋玉白）聞得我師覽詣人間、我等須要一同隨去、（賈誼白）

自然、（作進見科屈原白）二生少禮、二生此來、豈欲從我作丁令威乎、（宋

玉白）正是、但聞我師、直欲與世人接見、未免驚動他們、怎麽處、（屈原白）

正在這里想、我有故人漁父、世世爲漁、于今住居夢澤、他也時常稱念我、我待悄地尋他說話、少不得一人傳十、十人傳百、都曉俺的消息了、二生以爲何如、（宋玉賈誼白）我師斟酌停當、依此而行罷了、（屈原白）我等此行、快覩昇平景象、相與作爲雅頌、傳播人間、使知國風、變爲楚騷、原是一種性情、讀書者、當論其世也、（宋玉白）騷人所著、豈不根於性、却非性之眞、豈不發於情、却非情之正、春禽樂、秋蟲悲、時爲之也、生之爲性也、可見楚詞、不作于唐虞、史臣之贊、騷人豈不能爲、（屈原白）此行、兼可遍訪吾徒、共爲詠歎、要如葛天氏之歌、千人唱、萬人和、大暢我懷也、俺們就此前行、（衆同行科屈原白）世上端陽風景、久不見了、（唱）

【滾繡毬】及時的收百藥囊句。甚人兒愛五毒簪韻。癩蝦蟇躲身聊暫韻。誰要煑梟羹俺替你下著酸鹹韻。牡丹似蜀葵花其色嬌句。崖蜜似楚萍實其味甘韻。誰認的屈原是俺韻。現如今玉殿朝參韻。（笑白）正不知、昔日之短狐安在、今朝之巨蚕如何也、（唱）含沙怎射俺原無影句。這裏粒何爭咱也不

文獻館編印

貪韻。衝開了一片浮嵐韻。（賈誼白）仲夏日長、瞬息萬里、已是荆揚地面了、城郭交烟、人禽雜響、好個大都會也、（同唱）

〔倘秀才〕聽一路蟬嘶尙含韻。正午刻蛙聲驟減韻。夾着聽熟的咻音俺故諳韻。慢比沐猴歸晝錦、但渾如蝴蝶夢春憨韻。好一會瀟湘曠覽韻。（屈原白）行來已近夢澤了、待俺換了衣服隨從、不致驚駭一方、二生不必同去罷、（宋玉白）弟子想來、不必如此、正欲冠裳赫奕、幢節輝煌、使漁家誇艷傳之千古、或是勸忠一道也、（屈原白）說得有理、就此同行前去者、（唱）

尾聲 笑俺賣花的賣向蓬萊喊韻。可惜與讀蜜蜂兒取次銜韻。俺世不曾把人賺韻。傾着心吐的胆韻。現挂起冷毛髮讀一片秦臺鑑韻。俺有一字的忠經只要敢韻。（同下）

漁家言樂

（漁父上唱）

〔高宮菩薩蠻〕洞庭不比當初險韻。湖邊草色青如染韻。天水靜相粘韻。時平風浪恬韻。（白）艾葉榴花景物新、搴菱裹糉向江津、中天時世天中節、還有今人話古人、我乃漁父是也、世居楚澤、代作漁人、到俺生長隆時、一發受用、纔算漁家樂也、（唱）

【高宮醉太平】門對着湘江畫縑韻。巫山翠尖韻。湖光一片鏡開奩韻。漁莊又添韻。鷗沙鷺渚分些古韻。魚租鴈稅無些欠韻。蕁羹菰飯沒些嫌韻。何曾冒險。韻（白）俺雖係漁家、也要點綴些端陽景緻、向有一幅破鍾馗、到是吳道子畫的、不可不挂、（向內白）女兒、取這鍾仙畫軸出來、（漁婆持軸上白）來了、鄉村除粉澤、時節換衣裙、自小漁家女、携籃不入羣、畫軸在此、（漁父白）幫我挂起來、（同作挂畫畢漁婆白）果然好畫、（漁父白）女兒站在一邊、好像鍾馗嫁妹、（漁婆白）爹爹又來取笑了、裏邊吃端陽酒去、（分白）堂堂日月光華、不少載鬼一車、這幅鍾馗雖破、猶能替我看家、（同下鍾馗上跳舞畢白西江月詞）翅軟分開紗帽、袖寬捲起藍袍、精光閃爍舞豪曹、駈盡世間虛耗、正氣千秋長在、邪氛五日都消、靈臺一點畫難描、分付吳生知道、俺鍾馗是也、生來貌醜偃蹇功名、叵耐畫手吳生、偏耍傳神酷肖、現今落在漁家、早又懸挂也、（唱）〔高宮蠻姑兒〕則俺這鍾馗的面臉韻。怎掩韻。假若是梳清亂髮句。掃盡閑鬚句。剷下高顴句。早已是名兒遂讀。功兒立喜沾沾韻。滴溜溜迎鋒刃句。骨碌碌踢靴尖韻。強似鰲頭獨占韻。（白）聞得屈大夫要來、則索等候者、（上書前桌高立科仙童引宋玉賈誼屈原上唱）

〔高宮白鶴子〕沅芷尋遺詠句。江楓引遠瞻韻。雲歸夢裏家句。漚起空中念韻。

（白）此間已是漁父家中、我等悄然而入、（同作入門科鍾馗白）屈老仙請了、（屈原白）鍾老仙請了、（鍾馗白）屈老仙到此、定有話說、不敢奉陪、有罪了、（屈原白）請便、（鍾馗白）偶然留筆墨、便爾托形骸、畫裏終南路、揪然歸去來、（舞下屈原中間高立宋玉賈誼童子分立科漁父作醉同漁婆上白）外邊似有響聲、隨我去看來、（屈原白）不必害怕、（漁父白）請問是何大仙降臨蓬蓽、（屈原白）俺乃三閭大夫屈原、與君家元是故交、（漁父白）嘎、就是我家祖父、時常說起的屈大夫、（屈原白）漁父、你上世也是一個漁父曾與俺澤畔相逢、辯論一番、道俺聞言不信、慨然而歌、曰、滄浪之水清兮、可以濯我纓、滄浪之水濁兮、可以濯我足、歌罷、鼓枻而去、俺至今思之、有如昨日也、（唱）

〔高宮脫布衫〕想當初憔悴煎淹韻。聽滄浪痛下鍼砭韻。（漁父白）年久了、（屈原唱）從別後光陰荏苒韻。幾回開海榴花艷韻。（漁父白）大夫久逐鴟夷、豈免魚腹、（屈原唱）

〔高宮小梁州〕一任魚鈎刺骨銛韻。他何忍傷殲韻。（漁父白）一向在那裏、（屈原唱）太清仙籙把名簽韻。才華瞻韻。金匱典瓊籤韻。（漁父白）嗄、大夫已登仙籍、天路迢迢、此來豈欲誇耀鄉人乎、（唱）

〔高宮脫布衫〕俺呵世爲漁姓隱名潛韻。怕峨冠低礙茨苫韻。惹的俺鷗鷺閃韻。下靈風翠荷齊颭韻。（屈原白）漁父此言差矣、俺屈原此來、不過要使人人知我成仙、大家懽忭耳、（漁父白）原來如此、（屈原白）競渡名爲弔屈、屈子今已上仙、何弔之有、要煩漁父、傳述此意、（漁父白）民之秉彝、好是懿德、大夫苦節成仙、一年提起一番、有何不可、（屈原白）正是秧開五葉、蠶長三眠之後、豈可爲我、而妨農事、（漁父白）此乃太平樂事、無碍農功、大夫不必過慮、那些百姓呵、（唱）

〔高宮小梁州〕只爲時雨時風至教兼韻。西被東漸韻。須不是采蕭采艾儘閭閻韻。人心驗韻。香草盡思拈韻。（屈原白）從不從在人、說不說在漁父、（漁父白）傳說何難、只怕是殺風景的話哩、（漁婆指宋玉賈誼向漁父白）這兩個是誰、（漁父作問科宋玉白）小生宋玉、（賈誼白）賈誼、（漁父白）原來是兩位才子、怪道風采不凡、（漁婆背白）宋大夫頗類晏子、那賈大夫更可惜也、（唱）

〔高宮雙鴛鴦〕他遇明時句。邀王知句。未免長沙自取之句。豈似墻東那人兒句。側着帽兒檐韻。跕着這脚跟兒悄窺覘韻。桃李春風沒些個嫌韻。俺只管橫塘收菱芡韻。（白）屈大夫呵、（唱）恁者番蛇、足又來添韻。（屈原唱）

〔么篇〕折花枝句。歌楚詞句。一道風兒香到此句。不惜江籬慰相思句。有物兩頭纖韻。青似棗亂紛紛 下紅鹽韻。耐着些酸等着的甜韻。（內打龍舟鑼鼓屈原白）龍舟來了、漁父快些去與我說、（漁父漁婆下屈原白）我等可歸矣、（唱）過了端陽炎蒸漸韻。則索向廣寒宮取冷弄銀蟾韻。（屈原衆下漁父漁婆上白）龍舟還遠哩、呀、屈大夫竟自去了、有些異事、比如別人說與我聽、我也不信、女兒、屈大夫教我傳說、說的是、不說的是、（漁婆白）說的是、（漁父白）啞、說的是、（同唱）

【尾聲】草堂江一灣句。竹籬山半崦韻。自稱作太平釣叟名非僭韻。纔泊了水上浮查還居岸上广韻。（下）

文獻館編印

端陽承應　靈符濟世

（扮呂眞人上唱）

【菩薩蠻】壺中別有乾坤大。囊中一卷靈符在。百歲面如孩。雷霆隻手開。（白）貧道呂岩、鍊氣修眞、逍遙世界、往年曾在茅山、受眞人秘籙、鐵筆書符、驅策風雲、鞭笞雷雨、煞具神通、今日天中節、人間戶戶懸符、降伏邪魔、那些遊方道士、竊取符籙、空殼欺人賺錢、豈不可笑、我貧道、今日入山採藥、囊中帶些靈符、隨緣施人、現些小小神通、也見得人間、自有眞法、一路行來、神將護身、好不威靈奕奕也、前面多少採藥的來也、我且趺坐在此、（老幼男女上唱）

【甘草子】遍山崖遍水涯。神農百草一一從頭採。好趁日方中泛酒欽懸艾。（白）呀、那邊有虎、（唱）撲地形蹲似於菟。嚇得神魂驚駭。俺這裏仔細端詳。是趺坐人兒在蒿萊。（衆男女白）原來是一老道士、忽現虎形、有些奇怪、前去問他、（問科白）老道人、在此做甚、（呂眞人白）貧道因今日端陽、施符鎭邪的、（衆男女白）既如此、我們各要一張、拿去鎭宅、（呂眞人白）貧道的符、比別的不同、神將守護、須要虔心尊敬、方有靈效、掛在家中、保你邪魔遠避、癘疫消除、來來來、各人帶了一張去、有緣有緣、（取符男女各掛符科跛道士上白）貧道蹦躂、賣符爲活、一年利市、端陽之節、我跛道士、靠了這三官菩薩、每年午日、印些刻板符象、沿門拓賣、賺些錢鈔米麥、今日是發財的日子了、（見呂眞人白）這裏地方、都是我的門堂、那遊方道士、那裏鑽出來的、誑人賣符、爭我生意、（呂眞人白）各自行道、誰來爭你、（跛道士白）各位施主、貧道的符、不是硃砂、便是石靑、花花綠綠、他的符、不過三筆兩筆、一味騙人、買他不得的、（呂眞人白）我倒是施的、（跛道士白）一發可惡、（擊拳打跛道士作痛科白）呀、爲何手未着身、先自屈折疼痛、好個妖術、（衆男女白）你兩個道人、不許爭氣、既說各有道術、大家現些神通、便曉得那一個的符靈了、（呂眞人白）這個不妨、（跛道士白）咱也不妨、（呂眞人唱）

【件讀書】我筆尖兒一灑。電影光流彩。（跛道士白）他灑筆便成雹光、我也將筆一灑不知電光、是他的法是我的法、（呂眞人取筆呵氣一揮出彩火科衆男女白）果然電光閃目、（跛道士白）我也在此揮筆。是我的法靈、（衆男女白）這倒莫辯、（呂眞人白）我還有法兒、（跛道士白）咱也還有法、（呂眞人唱）我掌內藏雷驚龍瞶。阿香歷碌隨身在。（作雷鳴科跛道士白）他開掌成雷。我也開掌、不知雷聲是他的法是我的法、（呂眞人作開掌發雷科衆男女白）果然霹靂驚人、（跛道士白）是我掌中的雷、（衆男女白）你掌不能伸了、原來老道的法長、（呂眞人唱）可知是神通小試誰能賽。倏忽莫安排。（白）列位請了、貧道入山採藥去也、（跛道士跪科白）老鍊師轉來、勞了掌去、（呂眞人作指科下跛道士白）好了掌開了、（發諢科衆男女仝下鬼卒跳舞科上白）我等乃山中藥王廟內、鬼卒便是、奉藥王之命、看這山門、這一座深山、諸般神奇妙藥都備、只是路徑幽僻、人跡罕到、一應毒物潛形匿跡、祗有端午午刻、諸毒退避、開山一日、聽人入山採藥、普濟天下、遠遠有個人來了、且自迴避、（下呂眞人上唱）

[端正好] 路盤紆修蛇偃石門幽。一線青天。猛聽得雷聲隱隱光馳電恍惚神靈現。(白) 貧道入山採藥、半積陰功半養身、從來靈妙仙藥多在深山窮谷、趁今日按龍宮秘訣、製煉濟世、十分有功、來此已是一座深山、不免逕入這裏又是一個石竇、呀、好一派羶風黑氣也、(唱)

[叨叨令] 白雲盡處腥風羶料是邪魔就中偃。(白) 中間定有毒物、正要收取五毒、怕不入我籠中、(唱) 神言咒去靈威顯。吳鈎飛去空中旋。你便毒也麼哥。重只怕我降龍伏虎機關便。(蝦蟆精蜈蚣精上鬬科蜥蜴精蝎子精蜘蛛精上續鬬科下呂眞人上白) 那些毒孽、敢與我鬬法、我且就地行起法來、遣齊官將、憑你恁麼妖魔、無不就擒、(唱)

[倘秀才] 謹按着八方卦變。速遣着神符秘篆。儘教他伎倆猙橫也就拴值月將聽傳宣。(白) 毒孽呵、(唱) 頃刻間怕你不眞形立見。(作就地週遭劍畫八卦身立圖中捏訣寫符畢閉目科坐金甲神上跳舞科下五毒上神將追上對科五毒形各吐火焰科遶場下金甲神上趕形下金甲神跳舞科下呂眞人白)

空中隱隱雷聲、電光閃爍、莫不是諸毒孽、都就擒了麽、待我看來、哦、原來是蝦蟆等、小小妖魔、這等作怪、怎逃得我的法、過妙嗄、今日得此諸毒、按龍宮秘方丹爐煆煉、普濟天下、鎮伏妖魔、消除疫癘、豈非天賜我乎、（唱）

【醉太平】這都是月精日元。蘊釀的光怪無邊。含丹孕寶態蜿蜒。陰陽呑咽。華陀扁鵲搜羅遍。刀圭神效降魔便。從來聚毒是眞詮。好教丹鼎同時碾（下）

文獻館編印

七夕承應　七襄報章　仕女乞巧

七襄報章

（四玉女引織女上唱）

【一落索】九野燦珠璣。環向微垣麗。天文經緯七襄機。總入一絲絲扣裏。

（白）乞巧裁詩胥是幻、驪山私語更荒唐、垂裳別有關心處、粒我烝民受福慶。俺乃天孫織女是也。靈匹雙星、佳七夕、濃濃湛湛、如酒之露下垂、郁郁紛紛、非烟之雲上佈、玉衡正正、珠斗高高、銀月彎彎、金風拂拂、眞好光華世界也、（玉女白）天孫巧贊天工、織成雲錦、夏逾雪繭、避暑招凉、冬敵香貂、暄肌燠至、洵爲希世之奇珍。宜作尙方之法服、（織女白）你那里知道、羋皇之世、厥篚有常貢、在笥無輕予、雖有美錦、無所用之、（玉女白）天孫職司機杼、分所當然、（織女白）只是不能遍及人間、此去渡河、遇有絕頂聰明、兼有福德的女子、使把龍梭傳授他、教他轉相傳授、一同黼黻昇平、這也是俺的職分、就此起行、（衆應介仝唱）

〔武陵花〕兎走烏飛西沒東生無盡期。緊隨天右轉。列宿似磨盤旋蟻。（織女白）好一片銀河也、（玉女白）那銀河汪洋滉漾、源從何處來、流向那裏去、（織女白）那銀河麽、運太虛於寥廓、非有非無、布元氣於鴻濛、不增不減、當日月五星之中道、爲江河萬派之眞源、（玉女白）畢竟是形是影、（織女唱）想來非想又非非。（玉女白）如何不漏、（織女唱）藍兒視月原無底。（玉女唱）輕劈晴雲影恁低迷。（織女唱）怎奈微風吹過。也淡生漪。不受汙泥。（全唱）眞個是清無比。搖動空明閃翠旗。斂光釧影銀波裏。（織女白）河漢清且淺、想去復幾許、（玉女白）爭奈是盈盈一水間、脈脈不得語、（織女白）你道此水、果能隔斷東西麽、（玉女白）此水可以渡來、可以渡去、便是不能隔斷、想來渡也由人、不渡也由人、（織女白）非也、渡不渡可以由人、何止一年一渡、畢竟渡也由天、不渡也由天、信非長河之能限人也、（唱）看涼蟾上升。渴虹下飲。又何曾禁伊。（全唱）怎的便擋着咱也麽哥。怎的便渡着咱也麽哥。豈由人自己塡橋。那必用芻尼。不見那羅韈生塵。步宓妃。（全下）

仕女乞巧

（衆諸生上分白）誰見雙星相接、（一白）烏鵲休驚弦月、（一白）已是露華飄、（一白）却笑阮禪猶揭、（一白）寃業寃業、晒得肚皮干癟、今朝七夕解館、釀飲三杯、不覺大醉、（一白）七夕乞巧、一向傳爲故事、我輩只可信其有、不可信其無、大家就此跪下來、（一白）巧乃天之所授、豈是乞得來的、（一白）豈有此理、假如織女能分巧、何用年年駕鵲橋（一白）不要說有的沒有的、即就一個乞字、豈大丈夫所肯居、（一白）罷了罷了、你們的乞是瞞着人的、我是要當着人的、（笑介）家中現有天仙織女在那裏、何不求他罷了、（衆虛白全下扮老少丑描婦女上分白）老去偏宜逐後生、（一白）晚粧樓上月朧明、（一白）莫將天上神仙事、（一白）一概人間兒女情、（全白）河乍轉斗初橫、不妨笑語到深更、（丑婦白）你看家家此夜拈針線、那個是臥看牛郎織女星、（描婦白）我看人家、描鸞刺鳳不爲意、偏是我鞋頭花一朵、還要問了姑娘問阿姊、（丑婦白）

我看人家、沉魚落雁能標緻、偏是我臉邊粉一堆、還要烏不三來白不四、（老婦白）你們只爲不曾求得天仙、所以如此、（少婦白）老太太進去歇息歇息罷、（老婦白）我還要坐坐、（衆虛白發諢科仝下四玉女引織女上白）只見那些才子們、三三兩兩、在那裏飲酒賦詩、（玉女白）怎麽也有幾個、帶着傺侘無寥之意、（織女白）正是、你看文明極盛之世、家握蛇珠人懷和璧、有那登第的、少不得便有下第的、春蘭秋菊、也要次第而開、何須性急、（唱）

[武陵花] 際此昌期休歎文齊福不齊。況是好天良夜只合同把黃絹詞題。（玉女白）可笑他仰着天想什麽、（織女唱）待與攙下上天梯、待與攙下上天梯。疊恨不的立教送你青雲際。（仝唱）若有嬋娟子繡羅衣。氤氳百和。麝香臍。（織女白）這裏庭透香煙、那裏盤堆瓜菓、都是乞巧的、（唱）九孔邪穿針鼻向月迎風。可憐眞似癡。只怕聰明悞了伊。悞了伊。想舉臼粱家。倒是個蠢笨的。我且步遲遲。歷香閨可也沒有甚高低。（玉女白）那八九十歲的老婆子、還與十八九女郞、露立庭中、可也要乞些巧的、（織女白）這也是難得的、（唱）

骨月團頭處。清時門第。白髮夫妻。此日同看壽域躋。（玉女白）每逢七夕乞巧的、無千無萬、天孫怎麼一時發付他、他便各如所願、（織女白）不行而至、乃感應一機、何疑之有、只要俺光之所到、便是他神之所到、他們願之所通、便是俺力之所通、（拙婦丑婦上白）姐姐、方纔我們正來丟巧、被大姐姐出來冲散、如今我們、趁着沒人、對月掌針再來求、（虛白科內雲末拙婦丑婦白）咦、天仙娘娘下降了、母親姐姐快來、（老婦少婦上白）怎麼說、（拙婦丑婦白）天仙娘娘下降了、（老婦少婦白）在那裏、（拙婦丑婦白）在雲端裏、（老婦少婦白）呀、果然天仙在雲端內、我們跪拜、（織女白）你們都見俺麼、（衆婦女白）看見的、（織女白）都聽得俺的言語、（衆婦女白）聽得、（織女白）你們都轉過身去、是裏試看着我、（衆婦女白）是、（衆婦女轉身科四假織女全上衆婦女白）妙嗄、你看異香滿庭、我等頓覺神氣盈盈、似乎身登雲霧矣、（拙婦丑婦白）眼到處都是天孫娘娘、我們拉着他、帶我們上天上去遊玩遊玩、豈不是好、（雲末四假織女下二丑婦白）喲、一個也沒有拉着、（織女白）

文獻館編印

你們何所見、（衆婦女白）眼見天孫、（織女白）世人見俺、亦如是矣、（衆婦女白）足見天孫、神通廣大、（織女白）不離你本命元辰、你們仍舊轉過去、看是如何、（衆婦女應科轉身科玉女引織女下衆婦女白）妙嗄、霎時香氣仍留、天仙倏然不見、（拙婦丑婦白）想是天仙娘娘、變戲法我們看（老婦白）只見祥雲冉冉、仙樂鏗鏘、天孫駕雲而去、此皆我等兩個虔誠所致也、（拙婦丑婦白）這是我們兩個虔誠、求得天仙下降賜巧、若不信看我登時、覺得標緻了些、（老婦白）休得取笑、我們進去罷、（全唱）

【餘慶】曝衣樓上星河入。普天下神光無不及。織女原來不下機。（全下）

中元承應　佛旨度魔　魔王荅佛

佛旨度魔

（雲使揭諦金童玉女大目犍連上唱）

［醋葫蘆］纔離了畢鉢巖。又過了忉利天。性空地。性空水。性空火。性空風。

（白）魔緣生處佛緣生、平得魔時佛亦平、魔佛本來同八識、佛魔爭肯不分明、自家、大目犍連、叨爲如來大弟子、蒙吾佛神通、以十方衆僧、威神之力、於七月十五日、各爲七代父母、厄難中者、具百味五果、以著盆中、供養十方大德、佛勑衆僧、皆爲祝願七代父母、行禪定意、然後受食、我母因德上昇、彼時我白佛言、當來世佛、弟子行孝順者、亦應奉盂蘭供養、佛言甚善、因此閻浮提界、到了這日、果設盂蘭大會、至今不絕、今年七月十五、又將屆期、昨蒙佛旨說、佛弟調達、魔力深重、墮地獄來五千餘年、今歲盂蘭、專爲調達、懺除惡業、因着俺放他出來、只索向鐵圍山走一遭也、（唱）這眞空如如幻有中。這空有如如不動。

（白）可笑閻浮世界、（衆唱）亂紛紛貪着有。猛回頭又沉空。（下牛頭馬

面鬼卒曹官金童引十殿閻君上衆隨上閻君唱）
〔吳音子〕血雨腥天。鐵城萬丈沒些空。泥犂耶地。是他親願入茲甕。（白）我等乃十殿閻君是也、今朝七月十五日、世上盂蘭盆會、佛赦到來、餓鬼得飡、惡心迴向、衙門中自忙不散也、忽然奈河橋、孟婆來報、說大目犍連、已經渡河前來、只得齊去迎接、此一來、想不出又有何事也、（唱）依着愁雲凝望神悚。毒燄風刀刹那千轉也自心種。（全下雲使揭諦慈航侍者引大目犍連乘寶筏上唱）
〔兩頭蠻〕波卑耶衆。八苦交煎長不窮。甚神通。好為他擺脫尸陀離火洞。到清空。（牛頭馬面小鬼判官金童引十殿閻君上白）尊者稽首、（大目犍連白）十殿閻君稽首、（閻君白）尊者何來、（大目犍連白）奉我佛法旨、道調達在獄多年、命俺放他出來、速登彼岸、（閻君白）請問尊者、如何放得他出來、如何令彼速登彼岸、（大目犍連白）即煩十位殿下、提他出獄便了、（閻君白）尊者差矣、我等燄魔天主、又不是人間司獄司官、若使會得放人、我慈悲

文獻館編印

深切、早已放得乾乾淨淨的了、只得使盡權巧方便、其如這六道三塗、自己斷斷不肯出來、何況調達、衆中居首、不要說是小聖、只怕尊者、亦未必有此神通、（大目犍連白）說那里話來、待俺前去放他便了、（閻君白）既如此、尊者請便、衆鬼卒、就此各歸本殿去者、正是從此酆都無地獄、須知冥府有天堂、（下大目犍連白）你看十殿閻君、各歸本殿去了、不免自到先問地獄、釋放調達去者、（唱）因此上常寂光中悲智動。摩挲卍字胸。徐開滿月容。演出圖書瓊。（衆合唱）將一句擢慢峰。將一句鎖毒風也須他親身懂。（下）

魔王答佛

（場上設刀山劍樹切末調達上唱）

【兩同心】涼透心花。熱融肝葉。這冷暖眞不尋常。堪消受平生風月。逞雄心這好時光。莫更問是何佳節。（白）我調達、只因與悉達太子、水火參商、生墮地獄、到得此間、又不知幾多歲月、初來時、見所未見、聞所未聞、到如今竟成了家常茶飯、但不知這些時、悉達太子、又在那裏弄甚把戲哩、（唱）別有一般

拿捏。之乎者也。拈花笑擠眼鋪眉。白搥罷鼓口掀舌。想別來豆腐黃虀。料成乾癟。（揭諦沙彌引大目犍連上唱）

【野薔薇】悲悽欲絕。行一步心骨裂。敦豚血拇。刀劍蛇蝎。一刻怎消得。痛如來有弟。五千年別。（見科白）呀、想這就是佛弟調達了、恁般模樣、可憐可憐、（調達白）哞、何處禿驢、在此巧言令色、（唱）

【兩同心】俺這里萬丈層冰。不通寸穴、一團火烏黑中心。三角燄到來都滅。那容他特補迦羅。仔細分說。一句斬釘融鐵。了無干涉。誰希奇蘋果爲舌。要他那青蓮爲舌。菩提客。且收起子女情腸。也不聽詩云子曰。（大目犍連白）某家此來、如語實語、要請大王出地獄去、（調達白）俺要出獄作甚麽、（大目犍連白）說那里話來、我師釋迦文佛、却着急得很哩、（唱）

【戀繡衾】我佛如來。念切同胞。中元節到興嗟。（調達白）纔說不聽詩云子曰、人家把你喚做異端、那韓愈、還要把你骨殖投諸水火、那一般借屍求財的、也不知你是甚東西、故意罵你兩句、博得個道學之名、以求名利、你這僧雖學語小兒學錯了、學了別人家言語、我且問你、恁麽叫做同胞不同胞、（大目犍連白）大王不必多言、且聽俺道來、（唱）一闡提因。有甚戀着些些。但知回心一捩、管更有一般風味別。又何必膠柱不移。在此蹣跚躄躃（調達白）哈哈、果然果然、可知你師說、萬法平等、無有高下、這是妄語兩舌、既是萬法平等無有高下、有甚修多羅義、有甚一闡提因、（唱）

〔梅稍月〕劃地相逢。誰要你鼓舌調舌。要你生悲。把是當初不見我來時節。惱人的一點腸兒。小走將來。強生區別。向此間果何如毘盧遮那。這阿蘭若。（大目犍連白）大王今日不出地獄、永無出地獄之日了、（調達白）怎麽沒有、待悉達太子入地獄時、我便出去、（大目犍連白）佛、安得有入地獄時、（唱）

〔吳織錦〕告大王莫逞奢遮。還須即早棄諸邪。合掌恭身懺前者。皈依釋迦。非是俺打空華脫空靴。此地終非究竟說。你要他出雙林向那落。只除非四天王天柱折。何須重造阿鼻業。多羅多怛耶。居居幾幾伽。俺與大王懺悔也。（調達白）糊哩糊塗、說些甚麽、我且問你、佛爲甚不來地獄。（大目犍連白）佛

證佛果、那里有入地獄時、（調達白）且慢、我證我果、那里有出地獄分、（唱）

［洞仙歌］僧雖年少。三不知來饒舌。恰似蝦蟆要吞月。你心兒自忖。細想佛言。像我大王。可配泥犁耶。（白）饒你去罷、我只挑把風刀、快痒去也、（下大目犍連白）果然喚不出他來、不免回覆佛旨去也、（雲使雲兜大目犍連揭諦金童玉女上雲兜科同唱）

［尾聲］不動絲毫。也是個阿差末。抬頭看。這鐵城塹業、虧他五千年做八寶莊嚴過來也。（仝下）

中元承應　迓福迎祥

（衆判官執牙笏從壽臺上跳舞畢分侍科十殿閻君上仝唱）

【雙令江兒水】乾坤摩盪。一自那乾坤摩盪。那其間無漏網。縱英雄到此沒個商量。甕兒中誰叫響。（分白）凜冽陰曹法度、慈悲佛氏因緣、人間白黑業紛然、果報明明顯現、我等乃十殿閻君是也、今地藏教主得道之辰、衆判官、爾等同往九華山叩賀者、（衆判官應科向下取青瓶隨上衆繞場科閻君判官同唱）何事遠趨蹌。虔心謹肅將。鐵面閻王。金面空王。却原來一條心休道兩旃檀妙香。飄不盡旃檀妙香。金山圍障。早已近金山圍障。好一座九蓮華古道塲（衆閻君白）你聽法音嘹嚦、教主陞座也、（攏雲帳設九華山套頭羅漢侍者阿羅漢各座山上科地藏菩薩坐金蓮寶座科仙童婆羅樹神冏明和尚分侍科撤雲帳地藏菩薩唱）

【北粉蝶兒】沒底慈航。誰駕着沒底慈航。大都來皆成幻想。恁可也苦辣親嘗。似趁燈蛾棲幙燕。一般兒可關些痛癢。只看俺結願深長。有卓不着的凌空錫杖。（衆閻君白）吾等恭逢教主得道之日、特來慶賀、（地藏菩薩白）有勞列位降臨、（衆閻君白）吾等就此叩拜、（地藏菩薩白）生受無量、（衆閻君參拜科同唱）

【南好事近】謹肅仰慈光。拜蓮臺五體投將。金容寶相。莊嚴微妙慈祥。（衆判官參拜科唱）吹螺擂鼓。法筵前梵唄聲嘹喨。合不禁的遽爾心空。果好是悠然神往。（地藏菩薩白）列位閻君、乃陰曹執法正神、分辨善惡、無縱無枉、位所當居、吾乃幽冥教主、不能度盡衆生、虛居其位、（衆閻君白）教主慈悲六道、振拔三塗、悲含同體之心、慈起無緣之化、吾等恐違尊旨、不勝惶悚、（地藏菩薩白）有因有果、自作的他還自受、與列位何干、但是列位雖然執法、方便亦隨處可行、（衆閻君白）今日菩薩得道之辰、吾等當令衆判官、迓以洪福呈祥法座、（地藏菩薩白）生受諸位閻君、（衆閻君白）不敢、衆判官就此迓福呈祥、（衆判官應科下閻君等上仙樓歸座衆判官各執紅蝠兩場門上合舞科同唱）

【北石榴花】俺把這迓來的萬福敬呈將。共向那蓮座獻嘉祥。只看這騰空

文獻館編印

瑞彩映天光。似搖曳旛幢。看飛舞鸞鳳。早則是色輝煌。早則是色輝煌。更兼那一派的仙音亮。布滿了法界三千。應無盡藏。做一個好莊嚴。做一個好莊嚴。供養着慈悲相。果然是人天歡喜好壇場。（十大紅蝠兩場門上飛舞科場上設大青瓶衆判官唱）

[南好事近] 高騫低集散輝光。似雲中朱鳥迴翔。周天大地。普現作佳徵色相。（天井下大小紅蝠判官乘雲杓從天井下至半空判官唱）比三祝華封看雙棲雙止。在青瓶上。（地藏菩薩白）妙嗄、你看映碧霄而煽影。彌顯翚飛。與紅旭以爭光、還同一色、（衆閻君白）睹茲萬福之駢臻、知是千祥之雲集、果然好歡喜道場也、（衆同唱）合陳九疇箕子休論。便一品天官怎讓。（判官乘雲杓仍上天井收大小紅蝠場上撤青瓶判官分侍科地藏菩薩白）今者中元令節、乃地官赦罪之辰、我佛盂蘭之届、你看極樂國中、大放神燈、七寶池頭、遍生蓮炬、使幽靈而脫苦、俾覺性以開明、盡出迷津。齊登寶筏、善利非小、總緣聖主仁德所致也、（衆閻君白）衆判官、就此叩賀者、（衆判官白）領法旨、（作叩首科

同唱）

〔北鬬鵪鶉〕喜身登寶地珠宮。喜身登寶地珠宮。看慶溢人間天上。把菩提善果同修。把提菩善果同修。將圓覺良因細講。（歸夜明簾起長鼓下匾雲末出彩科同唱）聽罷了世外無生清話。長喜心地得清涼。又何嘗沾惹塵緣。又何嘗沾惹塵緣。自不甘牽纏世網。自不甘牽纏世網。（天井收匾衆判官分侍科地藏菩薩白）今日多承遠來、不勝欣幸、敝山備有甘露、請列位閻君少叙、（衆閻君白）多謝菩薩、（內奏樂地藏薩薩下座科衆同唱）

〔慶餘〕驅除煩惱消塵障。這慈悲惟有大醫王。惟願取六道千靈。共同登濟度航。（衆同下）

中秋承應　丹桂飄香　霓裳獻舞

丹桂飄香

（花神上唱）

【一枝花】則見的瑤空蟾魄盈。最喜是玉宇星河朗，人間秋已半。火西流天際氣微涼。看取這瀼露瀼瀼灑遍瓊枝上。驪珠般娟娟葉有光。捲珠簾萬戶齊開。凭琱檻千門盡賞。（白）塵世何曾識桂林，花仙夜入廣寒深，移將雲外衆香國，寄在稍頭一粟金，我等月宮桂花神是也，根蟠天上，子落月中，高折一枝，曾入青雲紫府，香開百里，不殊寶相金枝，今當中秋佳節，正此花發艷之時，誠恐月主玩賞，須索在此伺候。（內作樂科花神同白）你聽仙音嘹喨，月主陞殿也。（仙女玉兎引嫦娥上唱）

【玉嬌枝】倚瓊樓凝想。萬里纖毫指掌。對光華共慶昇平象。知幾處玳筵張。雲管玉簫流細響。臯晴空不許微雲障。隔千里陰晴一樣。今夜清輝無兩。（花神白）花神參見。（嫦娥白）雲母屏風燭影深，長河斜轉夜沉沉，高懸明鏡青天上、花有清香月有陰、我乃嫦娥是也、尊居月殿之中、高坐清虛之府、今當八月中秋、桂華方滿、令月中仙子、奏霓裳羽衣之曲、共賀昇平、慶茲佳節、花神曉來乍鈎翠箔、盡啟瑤窗、覺得香風遠襲、桂枝想已脫包、但不知盛比往歲何如、（花神白）今歲比往歲不同、更加茂盛哩、（唱）

〔烏夜啼〕則見新枝老幹齊開放。爲雨露恩深培養。纔到良宵三五先排當。一望迷茫。不比尋常。（白）月主就去一觀、委實從前所未有、賞玩一番、斯不辜負此花也、（唱）試看森森碧檻旁、休教點點在蒼苔上。四垂着寶樹林。一似那銷金帳。好教玉兎爰爰銀蟾蕩蕩（嫦娥白）妙嗄、（唱）

〔鵪鶉兒〕料得伊家。說來非誑。尚未攀條。先教想像。早香得個人兒沒主張。天也香。地也香。併作香界絪緼駘蕩。（白）有此好花、豈可自賞、而無芹曝之將呼、花神你去花前祇候、少待衆仙到來、一同慶祝、（花神白）領法旨、不知衆仙幾時到來、（嫦娥白）想必就來也、（唱）

〔慶餘〕你不見北辰居星宿都環向。想衆仙們必早共驂鸞跨鳳凰。（白）

文獻館編印

花神你道今年花開大盛、豈是偶然、抑豈爾花神之力乎、（花神白）此皆神州聖皇太后、功德高深、賁若草木、故爾月中丹桂、亦欣欣向榮也、（同唱）聖德唯馨達上蒼。這些時碧月光多。因此上丹桂飄香。好付與狀元插帽試三塲。抵多少說法如來金粟藏。（同下）

霓裳獻舞

（男仙上唱）

〔四塊玉〕羽蓋飄。霓旌颺。一霎雲遶萬里長。但覺的青鸞兩翮仁風盪。下八荒上九閶。遍人天同歡暢。（白）丹山碧水淨無塵、上得層霄輦路分、玉燭自調風自暖、人間秋半竟如春、我等恭遇中秋佳節、則索同赴月宮、遙向神州稱賀者、來此已是廣寒清虛之府、不知月主陞殿也、（仙女玉兎引嫦娥上白）遙聞環珮響、知是衆花來、（男仙白）月主在上、我等稽首、（嫦娥白）衆仙少禮、（男仙白）我等奉上帝之命、來赴霓裳勝會、共覩光華、慶茲聖瑞、我等呵、（唱）

〔罵玉郎〕每逢佳節。便欲離丹嶂。綸音至。意氣揚。疾忙的相呼相喚還相望。

濟濟列班行。深深染御香。肅肅瞻天仗。（花神暗上嫦娥白）有勞衆花、同來廣寒、不勝榮幸、（男仙白）我等幸際昇平、值茲良會、惟願年年此夕、共祝聖祚綿長、桂華皎潔、（花神白）請月主法駕、往淸虛殿一觀、（嫦娥白）衆位大仙、就此同行、（男仙白）請、（同唱）

【感皇恩】風過處未到先香。說甚麼蘇合都梁。也不比爇旃檀。也不比爇旃檀烟氣郁。恰纔知珠樹成行。想人世嬋娟。此夕梳粧。定簪滿雲螺上。碎丁星釵鳳傍。更翠奩收幾點丹黃。（作到科男仙白）果然開得好也、種則一般花分五色、纍纍金粟、與玉露而低垂、馥馥天香、並金風而披拂、白是蟾宮妙品、實爲盛世嘉祥、（嫦娥白）衆仙童、將此桂花歌舞一回、謹獻天朝、爲億萬年無疆之祝、（仙童內白）領法旨、（仙童上舞科合唱）

【感皇恩】閃不住是這祥光。猜不出是甚奇香。可但是月重輪。可但是花氣馥。響空中金石絲簧。還和着這縹緲雲容。鸞鳳翱翔。都只爲天心享。也皆因聖道昌。合有羽衣人舞遍霓裳。（仙童下嫦娥白）我聞聖皇太后在上、景星明、慶雲現、甘露零、醴泉出、今夜中秋、天香隨湛露齊濃、清光與祥月俱燦、此皆聖德感也召、（男仙白）唯能物我同、春是以天人合、德覩此光流四表香滿八空、識玉燭之均調、金甌之永固也、（嫦娥白）當此良宵、請衆仙暫停鸞馭、少奉桂尊、遙聽霓裳、共賡聖瑞、（男仙白）謹依尊諭、（合唱）

【慶餘】合成七寶團圞象。渾如聖主德輝光。長頌 取其恒似月永無疆。（同下）

文獻館編印

重陽承應　九華品菊　衆美飛霞

九華品菊

（衆山神上跳舞科白）

南極高籠萬丈芒、大開壽域祝無疆、應知聖世春秋永、更比仙家日月長、吾等九華先生座下、衆山神是也、恭逢海宇昇平、光華復旦、今日先生、前往神京、宣揚聖化、朝覲天顏、只得肅恭伺候、（衆芝童儀從引九華先生上唱）

【定風波】凉風飄襟袖。正節屆重陽。氣爽秋高。論家風素持清操。怕逐繁華向那三春鬧。竟做了骨稜稜東籬元老。（山神參見科白）九華先生在上、山神叅見、（九華先生白）山神少禮、小仙姓黃字華、別號九華先生、乃壽卿公中黃氏、日精之後、絕迹人寰、又已千有餘歲、當今聖人御宇、野無遺賢、萬邦咸亨、因此小仙欲伸葵藿之誠、爰下品題之令、已曾吩咐催花御史、于衆香國中、愼選羣英、演一慶成舞、上之彤庭、以介眉壽、正是、花雨新翻瑤渚浪、霓裳欲問大羅天、（衆催花御史上白）仙人披鶴氅、素女獻紅粧、一入瑤華詠、從茲播樂章、九華先生稽首、（九華先生白）催花御史少禮、所挽品花入貢有了麽、（催花御史白）現在籬邊、伏候鈞旨、（九華先生白）就請上堂一觀、（催花御史白）是衆美人走動、（仙女上見科白）江山萬年國、天地一家春、九華先生在上、我等稽首、（九華先生白）罷了、且分兩壁、各吐芳名、（仙女分白）奴家御愛、奴家喜容、奴家萬令菊、奴家不老紅、奴家白麝香、奴家粉西姣、奴家海東紅、奴家金孔雀、奴家玉蝴蝶、奴家鴛鴦錦、奴家狀元紅、奴家佛見笑、（九華先生白）妙嗄、眞個攢金疊玉、占盡秋光、吾族多才、老夫與有榮施也、但不知歌舞如何、（催花御史白）聽禀（同唱）

【桃花浪】他舞來似楚腰。歌來叶九韶。更香含清露忒丰標。（白）小仙到衆香國中、選擇過三百八十餘種、只揀了這十八位、（九華先生白）何取乎十八、（催花御史白）此中有個意兒、（唱）這是萬選靑錢品第高。圖開重九。恰便似瀛洲學士拜神堯。（九華先生白）慶成之舞、眞大觀也、山神看守洞府、（衆山神下九華先生白）就此駕雲前往、（衆應科儀從下雲使上同唱）

文獻館編印

【滿堂紅】層層叠叠綴瓊瑤也波瑤。婷婷嬝嬝海棠嬌也波嬌。休笑俺山林氣概非廊廟也波廟。問前朝宴商飈賦凌霄。少不得俺一枝斜倚烏紗帽。（同下）

衆美飛霞

（朱儒子康風子上唱）

【集賢賓】壺天外趁一行雲雁杳。連袂下重霄。愛的三秋日月。清景難描。（分白）小仙朱儒子是也、小仙康風子是也、我們二人只爲多餐甘菊得證仙班、目下正是菊花令節、故此結伴而遊、呀、世上人做神仙、那有我們這般便宜哩、（同唱）何曾見紅寶的丹書也不用長生爐藥。餐的黃金蕊流霞耀。迤邐的後天不老。（內鼓樂科白）那邊佳氣葱籠、異香馥郁、這是什麽緣故、待我登高一望、（場上設椅各上椅科唱）箇中光斂艷。就裏影飄颻。（衆芝童仙女雲使上九華先生乘雲兜上催花御史暗上衆同唱）

【金菊香】龍山遙望鬱岧嶢。三徑而今不姓陶。雲頭有人笑語高。若是同調。

攜手的好招邀。（朱儒子康風子白）九華先生、請落雲頭、（九華先生白）按落雲頭者、（雲使下九華先生下雲兜作相見科朱儒子康風子白）九華先生請了、（九華先生白）朱康二仙請了、（朱儒子康風子白）請問九華先生何往、（九華先生白）二仙有所不知、只爲奇逢盛世、萬瑞咸臻、四靈畢至、小仙欲效野人獻曝之意、將羣花編成歌舞、以爲皇太后壽、（朱儒子康風子白）有這等事、但不知可能請教舞一回否、（九華先生白）這個當得、衆美人可將自己芳名、連歌帶舞、試演一番、請二位仙翁鑑賞者、（衆仙女芝童作舞式科同唱）

［河西後庭花］俺是個飛仙長不老。美嬋娟粉西嬌。似照水紅菡萏。似倚欄銀芍藥。似醉瓊環塡了些八寶。似白薜香薰的非龍腦。似玉樓中飛蛺蝶。似翠屏開舞孔雀。裝束的還似剪霞綃。爭似那玲瓏金絡索。海東將相袍。帶喜容勝緋桃。祝萬齡佛應見笑。一對對錦鴛鴦鳳鸞交。手捧着紫霞觴堆瑪瑙。只要得荷御愛。湛露饒。方信道狀元紅。占秋魁的姓字高。（朱儒子康風子白）請問

先生此舞何名、（九華先生白）此名爲慶成舞、（朱儒子康風子白）有此
嘉名、眞堪千古、小仙意欲同行、以襄盛典何如、（九華先生白）二公原爲吾
家培養所成、恰是長生證佐、若得同覲天顏、倍增光彩、（朱儒子康風子白）
多謝先生携帶、（催花御史白）衆美人就此起行、（衆應遶場科同唱）
【高過浪來裏】暫辭却三仙蓬島。緊跟着九華旗號。休認做戲馬登高。一行
旌旆彩雲繞。韻合琅璈。壽比松喬。抵多少獻紫府的靈芝和那瑞草。（同下）

文獻館編印

重陽承應　江州送酒　東籬嘯傲

江州送酒

（副扮老皂隸戴皂隸帽穿箭袖繫搭包上白）自家、江州刺史衙門、一個皂隸便是、今日重陽佳節、太爺在內衙排宴、不陞堂聽事、落得半日安閒、忽然宅門上、發出諭單、叫俺賫名帖一個、官醞二罇、送與前任彭澤令陶老爺家、我道是個好差頭、不想又是閒淡得緊的事、只得大懶差小懶、喚個夥計担了去罷、（唱）

〔商角曲子定風波〕琴鶴官堂靜句。早又是重九良辰句。訟牒清閒韻。排衙罷。只怕登高晏韻。驀聽得傳差還折簡韻。道柴桑里去怎生躲懶韻。（丑扮醉皂隸戴皂隸帽穿箭袖繫搭包作搖擺上白）噲、老大在此、自言自語作甚、（老皂隸白）來得正好、太爺拿你、（皂隸白）爲什麽、（老皂隸白）訪得你不辦公事、日在街坊吃酒、三十老竹根、儘你受用、（皂隸白）休得哄我、今日吃茱萸酒、是個韻事、風流太守、怎麽禁起酒來、（老皂隸白）免了、造化你、（皂隸白）

又是什麼造化、(老皂隸白)出奇美差、(皂隸白)什麼美差、(老皂隸白)送酒(皂隸跪科白)不敢不敢、如今吃得爛醉了、太爺送酒再來不得、(老皂隸白)狗頭、那個送酒與你、差你担酒送與人家、(皂隸起科白)嗄、送酒與人、倒不謝了、且住、送與那一家、(老皂隸白)是陶彭澤那個老頭兒家、(皂隸拍手大笑科白)糊塗太守、可笑可笑、江州地方、多少縉紳官府、倒不送酒、那陶彭澤、太爺到任以來、號簿上不曾見他登一個名字、什麼相與、送酒與他、扯淡得緊、(唱)

[商角曲子金菊香] 黃堂尊貴有誰攀韻。送酒休官事等閒韻。柴桑此去幾重山韻。挑得肩癱韻。這樣好差不敢煩韻。(白)不去、不去、(老皂隸白)公差怎麼違得、去了少不得有賞、(皂隸白)有賞便去、酒在那裏、(作挑酒科白)好酒嗄、願去願去、(各作遶場皂隸唱)

[商角曲子上京馬] 我禁不住口流涎沫似波瀾韻。走不上犖确潯陽路幾灣韻。遙望那五柳小門忙奔赶韻。只得兩脚兒飛飜韻。(白)吃力了、(唱)便學個

罏邊畢卓潤喉乾韻。（中場停擠科白）老大先走一步、我停一會就來、（老皂隸白）悔氣悔氣、搭了這個夥計、倒要抽趣他、只得讓他停一停罷、且住、他是個酒鬼、暗地裏偷嘗了酒去、陶家裏收了、倒沒有對證、倘然不收、怎麼樣回覆太爺、我且躲在此、看他如何、（皂隸作捧甕大飲科白）妙嗄、（唱）

〔商角曲子掛金索〕竹葉梨花句。缸面浮蛆泛韻。背地偷嘗句。笑臉猩猩盼韻。（老皂隸潛上拍肩科白）呸、在此做恁、（皂隸白）在此吃酒、（老皂隸白）太爺有鈐記在此的、那裏使得、（拍手喊科白）住手罷、（皂隸白）呸、虧你老當差、一些事也沒擔當的、吃空了罈、潯陽江頭水多得緊哩、（老皂隸白）那裏說起這樣沒正經的、快些前去、（唱）仔細封題句。怕識中冷釁韻。肩赭顏酡句。虧你能將事幹韻。（皂隸作醉臥不行科白）如今小懶、倒要差大懶了、（老皂隸白）起來走、上他的當、你拿了東、我挑了酒去罷、（作挑酒科遶場科全唱）

〔商角曲子雙鴈兒〕柴門隱隱畫圖間韻。疎籬映垂楊岸韻。（老皂隸白）好了、行了半天、前面柳陰之下、想必是他家了、夥計、陶彭澤是古怪的、不要說醉話、（皂隸白）曉得、（唱）但說道江州刺史親題翰韻。望官人靑眼看韻。休忘了小紅箋道意衷韻。（仝下）

東籬嘯傲

（生扮陶淵明戴巾穿道袍上唱）

【商角曲子集賢賓】田園歸隱無拘礙韻。三逕早安排韻。閒把無絃琴撫句。儘得開懷韻。喜的是九九風光句。且縱目東籬之外韻。算投紱桑榆眞自在韻。葛巾漉酒人休怪韻。菊花須滿插句。笑口幾回開韻。（白）老夫陶潛字元亮、性躭蕭散、不耐塵氛、曾爲彭澤下吏、解組歸來、謝絕酬應、正是泉石膏肓、烟霞痼疾、今日重九、秋光甚好、不免喚兒輩扶杖、遶舍閒步一回、兒子何在、（小生扮二兒各戴垂髫髮穿道衫上白）爹爹有何使喚、（陶淵明白）扶我籬邊、閒散閒散、（二兒作扶杖科仝唱）

【商角曲子上京馬】藤蘿烟裊半侵堦韻。竹杖凌兢卓野苔韻。仄徑欹籬眞瀟洒韻。（二兒白）細菊斑斑、籬根盡放、（陶淵明白）秋菊有佳色、雅堪泛酒餐英、（唱）黃金實老子親栽韻。傲霜風晚節任蒿萊韻（白）東籬一帶離披可愛兒子、我們隨意採摘、豈不有些冷趣麽、（作攜衣採菊科雜扮二皂隸各戴皂隸帽穿箭袖擊搭包擔酒科上白）蓬蒿徑裏、想是陶家了、（作停擔科白）呀、籬門寂寂、不免叩一聲者、（作叩門科雜扮蒼頭戴氈帽穿道袍上唱）

【么篇】誰行剝啄好疑猜韻。莫是催租人到來韻。（作開門科白）原來是擔酒的、呀、好似官差、（老皂隸白）這里可是陶老爺家麽、（蒼頭白）只有陶徵士、沒有陶老爺、（老皂隸背白）分明做個彭澤令的、偏偏不稱老爺、好古怪、（蒼頭白）有何說話、（老皂隸白）江州王太爺送酒在此、（蒼頭白）且住、待我通報、（老皂隸白）名帖在此、（蒼頭持柬進門科陶淵明作採菊不睬科蒼頭白）徵士有稟、（陶淵明白）何事、（蒼頭白）是送酒的、（陶淵明笑科白）我陶淵明、要那個送酒、辭他去、（蒼頭白）是江州刺史差來的、有名帖在此、（陶淵明作沉吟科白）哦、江州刺史、是個清官、送酒也是韻事、受了罷、別人送來、斷斷不受、

（蒼頭向外白）徵士說收受了、（陶淵明白）轉來、擔酒人有賞、（蒼頭白）賞什麼、（陶淵明白）賞菊花二枝、（蒼頭虛白二皂隸作發諢科下陶淵明白）正在採菊、恰逢送酒人至、就在籬邊、暢飲一回、兒子、取杯杓來、（作席地坐科二兒作向下取杯杓上白）爹爹、杯杓在此、（作斟酒陶淵明連飲科唱）小酌匏樽浮琥珀韻。春雲盎盎傾懷韻。泥杯踞坐落松釵韻。（作微醉科白）前面南山、悠然會心、兒子適纔把杯、吟得幾句在此、斟酒來、（作吟科白）采菊東籬下、悠然見南山、山氣日夕佳、飛鳥相與還、此中有眞意、欲辨已忘言、（作大嘯科蒼頭白）徵士醉了、（雜扮二老人各戴巾穿道袍扶杖上白）東鄰已富憂不足、西老雖貧樂有餘、陶徵士家無儋石、終日彈琴詠詩、今日重九、籬邊嘯傲、聲徹白雲、待去訪他、（作進門科白）徵士在此、好不快活、（陶淵明白）來來來、大家飲酒賞菊、（二老人白）徵士看來多飲幾杯了、（陶淵明白）酒可千日而不飲、不可一飲而不醉、老癖痴忍斷杯中物耶、兒子斟酒、（各席地坐大飲科唱）

【商角曲子 金菊香】糟邱須築計休乖韻。五斗眉攢斗酒開韻。菊花須向鬢邊栽

韻。白眼頻揩韻。醉倒便須埋韻。（陶淵明作倦態科白）醉了醉了、兒子扶我進去、（唱）

〔慶餘〕雲歸岫。眞自在韻。（作手揮二老人科白）你且去、（唱）我醉欲眠君莫怪韻。誰似我寄傲怡顏歸去來韻。（仝下）

文獻館編印

頒朔承應　花甲天開　鴻禧日永

花甲天開

（扮儀仗仙童三靈臺星捧時憲書上仝唱）

［嬌鶯兒］乾元昭布周流萬古餘。自來四序互乘除。元機旋轉。往復常如故。（白　某等乃靈臺三星是也、天上人間、測兩儀之運、今來古往、調四仲之和、春秋順序而有常、歲月遞遷而不忒、今當頒朔日期、應頒新歲憲書、須承進靈霄寶殿者、（靈臺星唱）憲書珍重。舉憲書珍重。舉瞻天闕莫憚雲深。步天衢好乘風便。休誤我進時憲萬年書。（下扮五福曜上仝唱）

［又一體］維新時序。可正是迎來十月初。俺天上盛冠裙。相聯相屬。一例朝元去。（分白）我乃天壽星君是也、我乃天福星君是也、我乃天祿星君是也、我乃天喜星君是也、我乃天貴星君是也、請了、我等位列天垣、名爲福曜、今乃頒朔之期、例應趨赴天門、一同伺候、（唱）東君來作主。東君來作主。合又則見耀長垣玉李金瓜。似應小春碧桃紅杏。一隊隊光燦爛耀扶輿。（五星上仝唱）

【四國朝序】俺不同二十八宿居其所。待週遭三百六十度循環迭運似轆轤。聚奎同色非無故。怪他紫氣透清虛。原來福曜輝前路。（五福曜見科白）衆星主請了、（五星白）諸福曜、莫非也向天門去、候頒朔麽、（五福曜白）正是也不過奉行故事而已、（儀仗仙童三靈臺星上仝唱）

【朝元令】新年時數。君門拜獻餘。我翔步轉雲衢。軒軒霞舉。神閒心自如。好趁天風歸路。（衆白）星君請了、（靈臺星白）請了、諸位星主、有何見教、（衆白）聞新歲時憲書、自然與舊歲是一樣的、（三臺星白）是一樣的、這是萬萬年之樂事也、（衆白）如此、同到天門恭候者、（仝唱）慈惠覃敷。千年萬年開慶圖。貴賤有殊途。恩施並不殊。合從今驗取。三千界共沾膏露。三千界共沾膏露（仝下）

鴻禧日永

（扮朝官宮官捧時憲書引太陽太陰星君上唱）

【秋蕊香】體備衆陽宗主。麗中天桂魄冰壺。欲見重光重輪處。看頒朔祥敷方土。（內奏樂科太陽太陰白）輝輝天極、燦燦天文、兩儀表象、萬類羣分、（太陽白）我乃太陽帝君是也、（太陰白）我乃太陰元君是也、（太陽白）今乃十月朔日、適在天宮、領取新年玉册、早又是一番新氣象也。（五福曜引五星上全唱）

【南枝映水清】昭雲漢。耀玉虛。何人歷歷種白榆。看兩曜輝煌。好似他合璧俺貫珠。飛躔次舍。消息乘除。多應是緊按着方位圖。多應是奉持着萬年書。（作參見科白）帝君在上、我等參見、（太陽太陰白）衆星君少禮、今乃頒朔之期、（宮女遞憲書與五星太陽太陰白）這是來年時憲書、仔細看者、以前歲之例、甲子常增了、（衆五星白）誠乃壽身、且以壽世也、甲子常增、則人間福祿壽也、該常增纔好、（太陽太陰白）福祿壽三星、你道如何、（福祿壽三星白）某等願揚符采、福祿壽童子、就此增福增祿增壽去。（衆童子內白）領法旨、（童子上舞福祿壽字全唱）

【金二段】一實萬慮。妙理難搜取。一本萬殊。元吉無專主。益算延齡。分三合五。宏敷造化生生數。阿誰解得其中故。合是聖主當陽慶流編戶。（五星白）妙嗄、大福大祿大壽、而又增之無疆福、無疆祿、無疆壽、誠吉祥大慶也、（衆童下奏樂太陽太陰白）何處瑞靄繽紛、上通紫極、（衆白）這是太平天子、臨朝頒朔、以此爲獻瑞之徵、誠古今希有之盛事也、（太陽太陰白）妙嗄、原來人間今日、比咱天上竟忙也、（全唱）

【慶餘】明堂頒朔風從古。正大清朝薦天之祐。（白）則看萬萬年呵、（唱）瑞應三星慶有餘。（全下）

冬至承應　太僕陳儀　金吾勘箭

太僕陳儀

（扮鷄人上同唱）

【金字經】休認做田文客。走咸陽夜渡關。則和那犬吠雲中也舐丹。朱朱穀恁揀。豈敢的司晨嬾。祝鷄翁餵雞。（白）我等鷄人是也、今日大駕南郊、百官扈從、免不得鷄人高叫幾聲、着他早早齊集者、（唱鷄人催曉第一曲）鷄初鳴。須知非惡聲。征客都從郊店起。佳人也向繡幃驚。鷄初鳴。萬民興。（唱鷄人催曉第二曲）鷄再唱。古寺鐘兒撞。漸催玉兎沒雲間。早送金烏升海上。鷄再唱。羣生宕。（唱鷄人催曉第三曲）鷄三號。深宮問夜勞。曉色初分仙闕迥。香烟細裊御床高。鷄三號。百官朝。（一鷄人白）此刻催他上朝、只怕太早哩、（衆鷄人白）今日不比往常、該要早些、（同下扮從人引宋綬上白）品物咸亨節序催、何曾九寸管飛灰、綸音乍向天邊下、陽氣都從地底回、下官太僕卿宋綬、愧乏卓識、謬承恩命、自天聖初元、到今七載、已遇三次南郊、主上道俺頗諳典故、

命爲儀仗使、今日大駕、將詣齋宮、想諸司早已排列整齊、則待下官檢閱一番、
祗候們、就此掌燈上朝者、（衆遶場科宋綬唱）
【凭欄人】廟堂間。所事兒要讀書人辦。尋着俺怎許偸閑。忙到更闌奈丁丁花漏頻催。恁匆匆絮被纔攤。不着的把身翻。披衣遥聽。鷄人唱曉。阜氏驚寒。
（白）前面已是朝門、早見諸公衮衮而來也、（從人下扮文臣上白）佩玉鏘鏘侍從臣、太平天子肅明禋、後車盡有凌雲氣、不數揚雄識字人、（扮武臣上白）舊時老將已無多、祗有凌烟盡不磨、天貺太平神受職、萬年只管戢干戈、（各相見科白）宋老先生請了、（宋綬白）各位老先生請了、（衆文臣武臣白）老先生躬膺重任、如此從容閑暇、足見才器不凡、（宋綬白）豈敢、定例諸凡隊仗、先應鹵簿使、依着兵部字圖擺列、然後下官會同大禮諸使按閱、此刻尚早、（文臣武臣白）正要請教、鹵簿之制、老先生勿吝指教、（宋綬白）天子鹵簿、原有四等、一曰大駕、二曰法駕、三曰鑾駕、四曰黃麾仗、今日南郊大祀、備的是大駕鹵簿、（文臣武臣白）大駕鹵簿、可一一指其名物否、（宋

綬笑科白）這個、叫我從何處說起、那隊呵、有什麼隊、什麼什麼隊、那仗呵、有什麼仗、什麼什麼仗、那不識其物、不知其名者、不計其數、俺口中說不盡、除非扮演與諸公、看那裏來、站得下二萬多人的、一片大戲場、還不如目擊的、委實可觀也、（唱）

【賺】說禮諸生。聚訟何時結了。疑案休推。道是他好事的周公旦。周公旦。多應笑周官誰個撰。今把遺編按了。又按。則待要刪。橫着眉稍那麼一看掃空秦漢、（扮太監上白）奉聖旨、（衆跪聽科內監白）朕於五鼓出明德門、赴太廟行禮畢、著太僕速備玉面驄候駕、卽詣郊壇、其餘百官照常行事、（文臣武臣白）領旨、（起科內監下宋綬白）聖上不乘玉輅、益見敬天之至、下官就去備辦、（作忙科白）又要檢點許多儀仗、那裏走得轉、列位隨我來、（指科白）你是第一隊、你是第二隊、你是第三隊、第四隊、須要排得齊齊整整、又要排得整整齊齊、就是帮襯下官了、（文臣武臣白）曉得、（同下扮衛士內監太監引宋仁宗衆夫女學士同上宋仁宗白）太平一笑墜驢人、木札先知命有員、卜世守成須不易、虔將倉璧致精禋、寡人有宋官家是也、賴天地之神靈、承祖宗之功德、雖曰治平有日、仍以兢業爲懷、茲因有事圜丘、格於太廟、朝享已畢、鹵簿卽陳、就此躬詣郊壇也、（扮馬夫牽馬科宋綬上白）雲從夏后雙龍尾、風逐周王八駿蹄、（宋仁宗唱）

【大聖樂】千年簇仗、羣臣鵠立。聞召怎的遲慢。（宋綬白）臣意、乘馬不如乘輅、故此逡巡、（宋仁宗唱）天街恁坦、怕甚乘騎不慣。（白）快牽俺玉面驄過來、（宋綬唱）展輅郊駕。微臣有職、豈敢留難、（宋仁宗唱）玉鞭纔接。輕輕跨上雕鞍。（衆遶場科同唱）

【煞尾】旗亭不禁垂簾看。齊呼萬歲。大禮三年。一路裏把黃褥收回到紫壇。

（同下）

金吾勘箭

（扮副將引金吾將軍上白）

三十登壇壯氣舒、埋頭窗下笑迂儒、今朝大有疑難事、始恨兒時不讀書、（副

文獻館編印

將白）將軍何故、忽發讀書之想、常言道、但爲百夫長、勝作一書生、讀書的、要到將軍地位、只怕一世也不能彀、（副將白）古人又說、仕宦當至執金吾、可見將軍富貴、人人羨慕、還要讀什麼書、（金吾將軍白）二位不曉得麼、金吾將軍、今日竟要急壞了、（副將白）小將實有不知、（金吾將軍白）昨夜接到禮兵二部咨文、說大駕郊祭回鑾、向有勘箭故事、係金吾衙門職掌、俺武夫那曉得什麼故事、自到衙門、又不曾遇着郊天、什麼叫做勘箭、俺一些也不懂、故此着急、想着讀書、（副將白）小將們、見前任將軍、行過一次、（金吾將軍白）二位親見過麼、（副將白）親見過、（金吾將軍白）快快說與我聽、（副將白）勘箭一說、原是極可笑的、相傳道是祖制、久已遵行、每遇郊祭回鑾、金吾將軍問云、是宋家第幾代官家、從官答道、是第幾代官家、隨取御箭勘畢、然後入城、只當串一齣戲罷了、什麼煩難、（金吾將軍白）罷了罷了、此事再也休提、俺一生粗鹵、從不會串戲、怎麼在至尊面前、串起戲來、（唱）

【哨遍】鎖鑰恭承交付。禁城早晚宜防護。分明知道翠華臨。試問咱多大金吾。敢攔阻。惹的朱雀。犯了勾陳。陡觸雷霆怒。（副將白）將軍、不須過慮、一向南郊、只管領許多賞賜、有什麽事、（金吾將軍唱）怎不教人恐怖。（副將白）還有賞哩、（金吾將軍唱）休論有賞且。要無悞。疑心不厭細推敲。小事何妨儘粗疏。我與你扆蹕宜先。迎鑾莫緩。早排齊隊伍。（副將白）職司守城、離次遠迎、恐有未便、（金吾將軍白）如今仔細想來、不讀書也罷、（副將白）將軍何故、忽阻讀書之興、（金吾將軍白）那勘箭、豈不是那呂蒙正輩、一班讀書人、會議出來的麽、這樣可笑、（內鼓吹科金吾將軍白）鼓吹之聲、漸漸近了、我們迎上去的是、（副將白）進城去的是、慣常禮節、上下俱已打點、如何少得、小將們也担戴不起、只爲世間多禮節、（金吾將軍白）却教世上少眞心、

（下從人引宋綬上同唱）

【墻頭花】天行列宿圖。日至非煙布。馭朽還應凜僕夫。仗森森錦簇花攢。旗獵獵鸞飛鳳舞。（白）下官宋綬、陪祀南郊禮畢、車駕回朝、職在馬前導引、特爲向有勘箭一節、奉命同女學士、各馳輕騎、列於前站、以便答應、金吾、想學士

就在後面來也、（太監引女學士上同唱）
【么篇】雖輪迅似烏駿馬輕於兎。休認錯昭君出塞圖。內才人巽命重申。行刻漏離光正午。（白）太僕慢行、（宋綬白）學士來得好快、（女學士白）此地離城不遠、我們仍分兩隊、先後而行、（副將引金吾將軍宋綬女學士同唱）
【柘桂令】動搖山岳驅風雨。一地裏鼓傳朱鷺。麗譙粉堞日華明。鳳城遙覩。（下宋綬白）城上那個將官、爲什麼閉了城門、（金吾將軍副將白）將軍快些答應、（金吾將軍白）怎怎怎、怎麼答應、（副將白）將軍、你說城下是何官府、（金吾將軍白）城下是何官府、（宋綬白）我鹵薄前導太僕卿、問我怎麼快些開門、（金吾將軍白）看來勢頭不好、是要開的了、（副將白）使不得、將軍對他說、車駕未到、不便開門、（金吾將軍白）車駕未到、不便開門、（宋綬白）車駕卽刻到了、難道站在城下、等你開門、（唱）
【耍孩兒】怕甚麼宋門埪澤遙傳呼。則道是吾君非魯。也不是微行夜過酒家胡。又何須鞭示珊瑚。（金吾將軍副將白）這是明明曉得的、只是我們做官家的官、卽守官家的法度、畢竟要問一問、還要勘過了箭、方好開門、（宋綬白）下官奉命、原爲勘箭而來、該問的、只管問罷了、（副將白）這一句最要緊、要將軍自問的、（金吾將軍白）問什麽、（副將盧白科金吾將軍白）奉祖制、敬問郊天、來者是大宋第幾代官家、（宋綬白）是第四代官家、（副將盧白科金吾將軍白）箭在那里、（宋綬白）在、（女學士白）此眞傳國之寳、不是容易得見的、將軍開了城門者、（女學士唱）正萬邦拜手同班瑞。况三后傳心若合符。倘只把虛文做。便和這燔柴不必。縱陳將祝使如無。（衆同下

太監宋綬女學士引宋仁宗上同唱）

[三煞] 對皇天撫朕躬。念蒼生切令圖。堯心一向無黃屋。河山豈自如今有。風俗何如太古初。怎把經綸措。皎皎的駒皆食藿。嗷嗷的鷹與銜蘆。（內監宮女上宋綬白）至治馨香、上天昭格、將見風雨、節寒暑時、臣等不勝懽忭、（宋仁宗白）南郊向有恩詔、卿可擬定條例、待俺親自裁度、交與外廷、（宋仁宗唱）

〔一煞〕須將舊欵查。還將新例補。不要你掃眉的才子。也進甘泉賦。書來鳳詔頒。金帛傳出。鷄竿解網。衆流膏露早。則見班聯慶幸。邊塞歡呼。（宋綬白）回宮後、早見彤雲密布、必有大雪、可是豐年之兆也、（宋仁宗白）郊之明日、於廣政殿賜讌百官、也是成例、須要舉行、（女學士白）領旨、（衆遶場科同唱）

〔煞尾〕酒如澠賜大酺。雪如花呈妙舞。君王樂愷臣民福。願歲歲肸蠁郊壇。繩繩紹宗祖。（同下）

戏曲史料编

昇平署月令承应戏

文献馆编印

冬至承應　玉女獻盆　金仙奏樂

玉女獻盆

（扮四仙童四仙女引明星玉女捧洗頭盆上唱）

【畫眉醉海棠】畫眉序首至合 日永一陽升。春信先歸華峯頂。喜梅花清淡。沁人粧鏡。（白西江月）繡閣初添綵線、金庭香透梅紗、升恒日月慶無涯、徙倚芙蓉峰下、帽壓半簷朝雪、鏡浮千靨春霞、靚粧綽約玉橫斜、去獻洗頭方法、兒家華山明星玉女是也、俺仙家每逢冬至子時、梳頭一千二百、以贊陽氣、名爲神仙洗頭法、這洗頭盆兒水色碧綠澄清、水不加溢、旱不減耗、人能映之、永壽千萬、果然是仙家法寶、今乃冬至令節、正當朝貢之期、敬將此盆獻上天家、以申嵩祝、以展葵私、正是雲衢不用吹簫伴、霄漢長懸捧日心、（仝唱）俺不是捧盤盂丹陛傳觴。搢圭瓛玉階測景。盆兒。榮浴德澡身。萬年長慶。（仝下）

金仙奏樂

（四仙童四玉女各執樂器引四仙上仝唱）

〔黃龍袞〕祥和靄三清。祥和靄三清。亞歲迎新令。連袂下雲霄。一抹霜華淨。看我品竹彈絲。黃鐘叶應。（分白）小仙、南極老人是也、小仙暘谷神王是也、小仙玉虛道人是也、小仙青童是也、（南極老人白）列位大仙、今日又是長至了、恭喜賀喜、（青童白）我們仙家歲月、後天不老、管他什麼冬至夏至、（暘谷白）不是這等講、半子初開、一陽甫肇、人間天上、都有慶賀的禮文、如何把一個大大的節氣、輕輕看覷了、（玉虛白）既如此、就命玉女們奏起樂來、同朝天闕、一則展今日朝賀之儀、二則兆來歲豐登之瑞、（衆仙合白）說得有理、（唱）駕雲駢趨天闕。同朝省。（白）那邊早有一行儀仗來也、（扮四儀從四星官引太陽星君上唱）

〔天仙子〕陽德昭明懸象應。光景曨曨五色炳。陳星測度在今朝。（衆仙白）原來是太陽星君、請問星君何往、（太陽星君白）奉上帝御旨、道下界聖皇御宇、明德維馨、冬至日、望氣占雲、休徵昭報、爲此前去、呈獻嘉祥、（衆仝唱）敷長慶。酬明聖。億萬斯年凝帝命。（同下扮八雲童各捧黃雲上仝唱）

〔又一體〕北斗寒回移雲柄。璧月珠星同掩映。司天台上欲書雲。（衆仙上白）爾等何往、（八雲童白）主聖則民安、人和則歲稔、我等欽奉御旨、以黃雲捧日、爲來歲豐登之兆、（唱）朱曦晟。黃雲凝。明歲豐登今日定。（全下四仙等全白）妙嗄、果然太平有象也、（全唱）

〔玉翼蟬〕看他每占驗一朝共慶。那咸池。日正升。更百道金光映。轉晴兒走過。怎又來的捧月姮娥笑語聲。（扮四仙女引明星玉女捧洗頭盆上全唱）

〔滴溜出隊〕葭灰管。葭灰管信而有徵。深閨裏。深閨裏女紅線增。爲甚這般行逕。你洞府不嫌丹井冷。却緣何陶匏絲竹。來奏新聲。（四仙白）明星玉女請了、（明星玉女白）請問列位大仙、今欲何往、（四仙白）今乃長至令節、欲上靈霄稱慶、頌履長納慶之章、（明星玉女白）衆位仙子、以何和之、（四玉女白）兒家神林玉女、賈屈廷、吹的鳳嘯之簫、兒家廣華玉女、煙景珠、彈的四靈之弦、兒家北寒玉女、宋聯涓、擊的九氣之璈、兒家飛元玉女、鮮于虛、吹的雲和之笙、（衆仙同唱）

〔黃龍醉太平〕運際昇平。三洞清虛。皎日朱庭。恰青陽啟泰。欲上三霄共奏咸韺。晶瑩北宮御女黑衣繒捧的個湯盤禹鼎。合九天承應。一泓方水。朗頌岡陵。（明星玉女白）既如此、可將履長納慶之章、歌詠一番、以致榮遇、（衆白）甚妙、（全唱）

〔黃鐘賦〕聖軒皇之垂衣兮。心羲畫而聲律同。泰階炳而瑞雲靄兮。開文治而熙涫風。爰稾籥乎太和兮。製律本之黃鐘。伶倫嚴而祇命兮。裁嶰谷之筠筩。偉美質之天產兮。靡窕攙之齊豐。度九寸以爲長兮。圍九分而虛中。究陽數於天九兮。爲損益之所宗。物有則而合天兮。道寓器而彌隆。寫阿閣之鳴音兮。應朝陽之和雄。妙聲氣之一元兮。位冬至之子中。（明星玉女白）妙嗄、（唱）

〔黃龍醉太平〕輕盈白着蓮冠。也曾舞月瓊花。敲殘清磬。（白）則今日呵、（唱）黃鐘應律。青帝迎辰。履端納慶。（衆仙白）請問明星玉女。捧的盆兒何用、（明星玉女白）兒家只爲今日長至、特來貢此洗頭盆、以迓景福、（唱）圓凝華峰。玉女自天成。休猜做尋常器皿。合九天承應。一泓方水。朗頌岡陵。

（衆仙白）如此、我們奏導引之樂、就請明星玉女、做個仕女班頭、同去朝天便了、（明星玉女白）如此甚好、（合場同唱）

［茶䕷插金鳳］遙望天庭。霞蔚雲蒸。倩你個蓮峰玉女。做羣仙袖領。（明星玉女白）何以克當、（衆仙唱）休認做詞臣金鏡。也不是汾陰寶鼎。行行語聲笑輕。一般兒鷺序鵷行。山呼谷應。絳衣朱紱方咫尺瞻天聖。（唱）

［慶餘］雷葉雷皷揚時令日華新雲祥昭慶。（明星玉女白）這盆兒呵、（唱）權當一隻春酒兕觥。把聖壽稱。（仝下）

文獻館編印

臘日承應　仙翁放鶴　洛陽贈丹

仙翁放鶴

（扮尹軌上唱）

【翠華引】閬苑香浮金鼎。瑤池水漑瓊田。祇爲心存利濟。霞衣常駕雲駢。

（白）道直身還在、神閒景亦空、攄懷塵俗外、觀世玉壺中、小仙姓尹名軌、表字公度、祖貫太原人也、生有仙根、性通道妙、天文讖緯、無事不精、玉訣素書、無所不讀、更兼服氣煉形、逐漸身輕骨換、上帝可憐、上法心堅、賜號太和眞人、下統仙僚于佑陽宮、又已幾多年矣、爭奈小仙、心存救世、常懸肘後之方、道在清時、不惜鑪中之藥、周歷天下、接引有緣、目今將近臘日、意欲往洛陽一遊、不免請出師兄杜沖、囑咐一番、師兄有請、（扮杜沖上白）但將酩酊酬佳節、何必踦躧上玉京、眞人有何話說、（尹軌白）我要下山、施度金丹、（杜沖白）明日就是臘日了、何不在家熱鬧、（尹軌白）我正爲此、（唱）

【金鳳釵】冬將杪臘信傳。碧落星迴杓轉。想大家祭報南郊。都爲蒼生福戩。

惓惓。我閒雲野鶴別有天。看蜉蚍世人心内煎（杜冲白）自古道遊必有方、到底你往那裏去、（尹軌唱）也不爲飲東京七寶饘。也不爲叩金門口指内宣。則待停車洛陽。看他花綿鮮。濟困扶顚。消災降普。恁則好住烟霞。厮守着丹井芝田。（杜冲白）我也不苦留你、只是早去早回、（尹軌白）不勞罣念、未作千年別、猶應七日還、（下杜冲白）師弟已去、不免喚二童子出來、燒丹放鶴、童子那裏、（道童上全唱）

〔急急令〕慣偷丹藥信喉咽。演演演。作神仙。清晨跨鶴上朝天。遠遠遠。飯時還。（白）師伯拜揖、叫我二人做什麼、（杜冲白）你師父騰雲、到洛陽去了、特特告訴你們、（二道童白）你何不也駕霧去、那裏走走、（杜冲白）再休提起、當初我同你師傅、共事文始先生、你師傅悟道心堅、上帝就封眞人、似我老朽、說也慚愧、（唱）

〔金鳳釵〕同師授。共秘傳。說起光陰如箭。看山頭傲雪寒梅。似我清修苦煉。徒然。我襳襹羽裳何時登九天。只好焚香靜吟綠玉篇。（白）如今閒話少說、你師傅既不在家、似你燒丹啊、（唱）休得要睡沉沉丹竈邊。怕紫河車白英未堅。似你放鶴呵、晴明放鶴冲紫煙。任他嘹嚦翩躚。莫把雪翎輕剪。可知道你過了殘冬。好授你八素眞言。（二道童白）謹遵嚴命、（杜冲白）正是、黄鶴有心多不住、（二道童白）白雲何事欲相留、（杜冲白）隨我進來、（全下）

洛陽贈丹

（扮尹軌上唱）

【慶時豐】江梅野雪春非遠。細腰花鼓更喧闐。洛陽不到幾多年。相逢還是東風面。（白）小仙尹軌、自離荒山、已到洛陽了、呀、你看這家門首、瑞氣幢幢、祥光靄靄、想是個積善人家、不免叩門而進、開門、開門、（老人上唱）

【梧桐嫌】閒步門前。何處佳賓笑語喧。忙相見。原來是雲遊方外小神仙。（尹軌白）長者、貧道稽首了、（老人白）道長少禮、請到中堂、請問道長、到此有何貴幹、（唱）是何緣。我洛陽未有丹砂獻。你勾漏空煩葛稚川。（尹軌白）貧道偶爾雲遊、欲借尊府下榻一宵、明日早行、（老人白）這個、只怕難

從命、（尹軌白）爲何、（老人唱）休加譴。明朝臘日排家讌。要行方便。難行方便。（尹軌白）長者不妨、貧道不比別人、（唱）

【又一體】去住壺天。琪樹扶疎壓瑞煙。黃庭卷。曾吞丹篆得長年。叩華軒。今宵暫宿前庭院。不邀茶湯掃石眠。（老人白）請問道長、尊姓大名、（尹軌唱）非卑賤。太原尹軌名頗顯。你慣行方便。望行方便。（老人白）可是煉金施藥的、太和眞人尹公度麽、（尹軌白）然也、（老人跪科白）原來神仙下降了、弟子肉眼不識泰山、求大仙救度、（尹軌白）休得大驚小怪、貧道與君相會、不爲無因、且暫迴避、明早相見、（老人白）尊大仙法旨、待弟子秉燭、（作取燭科白）弟子迴避了、妙呀、這等好機會、休錯過了、待我叫齊兒孫們、鷄鳴之後、跪求便了、壺觴既卜仙人夜、珠履頻窺處士星、（下尹軌白）你看雪月粧梅、霜風弄竹、又是暮天氣也、（唱）

【四季盆花燈】風靜冷寒氈。看梅窗雪花閒月。一色鮮妍。娟娟。燈開太古流瑞煙。烘的含春降花着處圓。（扮神荼鬱壘跳舞上白）眞人在上、神荼鬱壘、

兄弟稽首、（尹軌白）二神少禮、今日出現、想是臘日、爲人間降福麽、（神荼鬱壘白）正是、（尹軌白）妙呀、（唱）

【瓦盆兒】你所仗桃枝端的似神鞭。更當得威凜凜長拖葦索纏。急旋風吉光如電。塤篪猙橫跳舞前。（白）二神請便、（神荼鬱壘跳舞科下尹軌唱）塤還須巡莫驚鷄犬悠然。聽玉漏霜傳。恰好是珠斗斑爛欲曙天。（老人引衆子衆孫上老人白）崑崙本吾宅、中州非我家、（全跪科白）求大仙救度弟子一家兒、（尹軌白）你且起來、我這裏有金丹一丸、與你父子祖孫、分而食之、自有好處、（衆白）多謝大仙、（尹軌付丹科白）你且聽我道、（唱）

【二犯排歌】多尹意虔。與君夙緣喜逢的今朝便。早知你一家兒餘慶因積善。贈你個金丹教伊壽延。還要你盈門景福棉。（孫白）這一丟丟兒、那彀我一家食的、大仙不要哄我哩、（尹軌唱）非戲言。豈不聞飛龍藥須臾飽過了千年。（白）你不信呵、（唱）只看你掌上五色吐祥煙。（下衆子白）掌上五色吐祥煙、老父且看看如何、（老人作看開掌科白）妙嗄、果然五色光騰、

鴻寶刀圭、眞仙物也、（衆孫白）爺爺、那個人那裏去了、（衆作驚科老人白）原來化作淸風而去、我們好造化哩、（唱）

［又一體］臘日芳辰。大開綺筵。餅飽墮花軟。不想這答兒竟成了閬苑。駐雲軿夙興夜眠。還與我神丹以美璿。（衆孫白）那神仙與我們的金丹、何不把來一食、早些成仙不好麽、（老人白）有神仙做、還要性急、也罷、大家分食了罷、（各作分食科全唱）這歡喜團方纔到口。早身輕忍不住飛騫。（一孫白）你們快些扯住了我、我身子輕飄飄的、要飛昇在這了、（衆作笑科老人白）兒呀、豈不聞古詩云、服之四五日、身體生羽翼、此時還早、（一孫白）還要四五日、做神仙這等煩難、且自由他、（全唱）自古道四五日羽翼陡然。（衆孫白）爺爺、我們白食了仙丹、竟公然乾做了神仙、也算人間第一便宜的事了、今日是什麽日子。（衆白）是臘日、（衆孫白）可又來、過了臘日、就是新年、常言道、做此官行此禮、且準備到玉皇大帝面前、拜年要緊、（衆笑科老人白）小兒家所見、到也不差、（全唱）

【凝行雲煞】鬱金堂皆仙眷。何須泛海求師受苦煎。且準備元日驂鸞謁上天。（仝下）

文獻館編印

祀竈承應　太和報最　司命錫禧

太和報最

（太和君玉池夫人上同唱）

［清平樂］東厨侍史消受盆瓶祀。積善人家多介祉。都在掌中潛誌。（白）小神乃太和君是也、小神乃玉池夫人是也、我們奉本竈主之命、勾管盛朝士家、一門善惡、今當年終奏報之時、已約齊各屬諸神、今日登堂校籍、此時還不見到來、（玉池夫人白）正是、（太和君白）玉池夫人、你看天上星回、人間改歲、又是一番風景也、（玉池夫人白）便是、（同唱）

［勝如花］歲云暮凍流澌。臘雪添墻下水。只因他柳吐金芽。先教那樓𧺆玉齒。又春光何時方至。（硎上童子紫宮君上白）慣操筆硯行誅賞、染得髭鬚伴後生、我乃硎上童子是也、吾乃突上紫宮君是也、（童子白）阿哥、（紫宮白）哥、（童子白）你那册子上、怎生寫的、拿來我看、（紫宮君白）此乃秘密之事、誰敢泄漏春光呢、（童子白）猶恐雷同我的、看看何妨、（紫宮君白）不

要歪厮纏、太和君、玉池夫人在此、（作相見科太和君白）二位爲何來遲、（童子白）我麽方纔在油鍋內洗澡、（紫宮君白）我嗎纔在熱甑上乘凉、（童子紫宮君白）我們主宰、積善人家、每日如坐春風中哩、（唱）合任司寒霜威頓施。皷太和仁風漫颸。扶鼎調鼐。作鶯差燕使。管什麽朝三暮四。熱烘烘又過年兒。（太和君玉池夫人同白）看來你們、好受用哩、（童子紫宮君白）再休提起、（唱）

[前腔] 青煙裏長鬃鬆。薰得面如鍋底。誰嘗他玉糝金虀。只好管挑柴運水。盼的個隆冬廿四。合列雙魚醱醽的酒巵。炒豆沙甘鬆和粉餌。聽罷青詞。駕雲車風駛。趁些個新年利市。早與他福履綏之。（四屬神各捧册上同唱）

[道和] 春將近。臘過時。記在已成帙。鑒察勝三尸。（白）我乃天帝大夫是也、我乃天帝長兒是也、我乃天帝嬌孫是也、我乃天帝都尉是也、請了、太和君相約、今日校籍、不免進兒、（各作相見科同白）有勞諸神候久了、（太和君白）不敢、請問四位尊神、開載是何等事蹟、（嬌孫四神白）一言難盡、（唱）

他經歲休嘉滿紙。論輿朝人瑞。不圖爲善至於斯。合且向堂前取進止。（太和君玉池夫人同白）原來也是如此、就此上堂、送與本竈主、查核便了、（衆遶場科同唱）

[前腔] 分黑白辨澠淄。一卷流年簿。鐵筆更無私。學的觀風太史。把節廉忠孝分條析。縷似陳詩。合共向堂前取進止。（同下）

司命錫禧

（竈君竈君夫人上同唱）

[桂臺仙引] 職掌中廚司祿命。竈家眷屬繁滋。閨中懶剪宜春字。週巡察核姸媸。（竈君白）吾乃竈君司命福主、張子郭是也、禮隆五祀、明並三光、惡殺好生、是以君子遠庖廚也、彰善癉惡、豈知家人有嚴君焉、今當臘月二十四、正屆奏報人間善惡之期、已曾吩咐諸神、將盛氏一門、所訪實在功過事蹟、造具清册、呈明核准、以便即日直奏天庭、立行賞罰、夫人可笑世人、只知禱祠求福、那知我冥冥之中、半點不饒哩、（夫人白）正是、（同唱）

〔馬鞍兒〕憑依中饋承隆祀。馨明德享黍粢。那焚柴文仲原非達王孫賈取媚惹人嗤。就是那陰子臘日薦羊。只當了賈閬仙大祭年詩。合那知我冥中正直英明。把他們經年作過不饒些子。（太和君玉池夫人俪上童子四屬神紫宮君六女上同白）文軌喜同堯德澤、褒嘉曾學魯春秋、竈神夫人在上、衆屬神打恭、（夫人白）你們的查核簿都注載明白了麽、（衆神白）現在恭呈省覽、聽候鈞旨、（各作送册科竈君看科白）一件爲臥冰躍鯉、仁孝格天等事、看得盛朝士、因親欲食鮮魚、天寒冰凍、便欲解衣破冰求取、龍王感德、命水卒將二鯉寘之冰上、仁孝格天、宜登善籍、妙呀、這是那個所訪、（孀孫都尉白）這是小神親見的、（唱）

〔排歌〕希世奇英。天生孝子。慰親心寒不怕冰澌。銀刀雙躍出中池。一道祥雲捧玉匙。（同唱）合眞懿行。誠美事。宜登善籍莫參差。錫純嘏。祐嘉師。仰承大造兩無私。（竈君作看第二起册科白）一件爲不殺牲畜、儉德可風等事、看得盛朝士家、仁以愛物、體天地之好生、儉以持家、戒奢靡而惜福、自是吉人無慚

善錄、妙呀、這是那個所訪、（大夫長兄白）這是小神訪實的、（唱）
〔前腔〕儉德維宜。無故不殘犬豕。夫妻舉案齊眉。再休提代薪以臘矜奢侈。到學了蒜豉鹽虀挂罘罳。合眞懿行。誠美事。宜登善錄莫參差。錫純嘏。祐嘉師。仰承大造兩無私。（竈君作看第三起冊科白）一件爲九世同爨和氣致祥等事、看得盛朝士家、世傳九葉、同爨百人、雍雍睦睦、內外曾無閒言、振振繩繩、遠近傳爲佳話、善以爲寶、罄無不宜、妙呀、眞個難得、這是那個所舉、（太和君玉池夫人白）這是共見共聞的、小神更加體察、一些不爽、（唱）
〔前腔〕共火而爨。九傳食指不聞詬誶訿訿。則見他祖孫父子孝兼慈。百口雲礽盡本支。眞懿行。誠美事。宜登善籍莫參差。錫純嘏。祐嘉師。仰承大造兩無私。（竈君作看第四起冊科白）一件爲敬禮神明、玉芝呈瑞等事、看得盛朝士家、傳懿德、世敬神明、爨下老嫗、惡言不出于口、清時異瑞、紫芝獨產于庭、長發其祥、可以爲善、妙呀、這是那個所訪、（紫宮君白）這是小神私記的、（童子白）這是童子親書的、（紫宮君白）嗄、我是親眼見的嗄、（童子白）難道我是借人耳朵聽的麼、（作爭嚷科竈君白）不必爭競、你二人所記、大約相同、你把册中情節再說一遍、（童子紫宮君白）大人聽禀、（唱）

【前腔】敬畏神明。蒼頭婢子。從無褻瀆之詞。看他扶輿瑞氣漸彰施。因此上左顧中廚產玉芝。合眞懿行。誠美事。宜登善籍莫參差。錫純嘏。祐嘉師。仰承大造兩無私。（天將引金星上白）奉玉帝勑旨、照得今年中華世界、祥光瑞氣、時貫天庭、其間必有吉祥善事、務必細加採訪陳奏、以便錫予福祉、毋得撫拾微輕小過、塞責取咎欽此、（竈君起科白）聖壽無疆、（金星白）卽赴天門、吾神去也、（天將隨下竈君白）善哉善哉、星君已去、你們照舊捧了善籍、隨我上天去罷、（衆神白）領法旨、（衆遶場科同唱）

【四時花】是一部昌言錄。休猜做爨下詩。眞個獨標善幟。把一家兒纖悉微芒瞞。不過繡衣直指堪喜。喜的是實肫肫。百順孝思。喜的是慶綿綿。爨同爨祺。喜的是慈悲心。儉德可師。喜的是虔誠感。靈華瑞芝。（合科）應他增福如茨。知川之方至。俺只索乘竈馬。急駕雲輜。

〔慶餘〕年終應刺人間事。上天門帝日疇咨。俺則待細數因由。管教大稱旨。

（同下）

文獻館編印

祀竈承應　蒙正祭竈

（生上唱）

【引】時乖運丕。破窰中安分守已。（旦上唱）

【引】憶昔繁華如夢裏。好傷悲。珠泪垂。重。（生白）瑞雪紛紛舞朔風、可憐身在破窰中、（旦白）饑寒二字不堪言、誰念兒夫守困窮、（生白）噯、娘子、（旦白）官人、（生白）今乃臘月二十四日、竈君昇天之期、家家祭送、你可取柴煙一爐、清泉一盞、祭奠一番、（旦白）官人不爲恭敬、返爲褻瀆了、（生白）神聖只受人至誠心、那在祭禮、快些取來、（旦白）曉得、（全唱）

【駐雲飛】禮拜誠虔。（全白）神聖、別人家有三茶五果、供奉與你、（唱）蒙正夫妻家道貧窮。百無一有。無甚慇懃。只有一盞清泉一爐煙。我今拜送上清天。下皇若問凡間事。蒙正文章不值錢。惟有我夫妻最可憐。重。（生白）娘子將祭禮收過、（旦白）是、（收科白）噯、官人你看這水、霎時結成氷了、（生白）娘子、你看窰內寒冷、不知窰外如何、你我去看來、（旦白）使得、（全出門科生白）

晴空天氣爽、（旦白）華峯不接天、（生白）一朝雲霧起、（旦白）天與地相連、

（全唱）

【碧玉簫】曠野雲低。（旦白）嗄、官人、往日還有牧童樵子來往、今日全無一個了、（生白）正是千山鳥飛絕、（旦白）萬徑人踪滅、（全唱）孤舟簑笠翁。獨釣寒江雪。往來人影稀。（生白）窰外寒冷、還是進窰去罷、（旦白）有理、（進門科旦白）嗄、官人、你看上面墜下雪來了、（生白）想是天窗不曾塞好、待我取個草把兒塞住他、（執草把上椅科生唱）只見瑞雪紛紛墜。（白）苦殺你了、妻嗄、（旦白）你我俱是一般苦、（生白）我身上這件長衣、還覺好些、虧你那件短衣、如何遮得寒冷了、妻呀、（旦白）我這件短衣却是新的、虧你那短衣破裳、怎生遮得寒冷了、夫嗄、（全唱）想你我夫妻。今在窰中受這般苦楚。衣不能遮身。食不能充口。大雪紛紛。還講什麼新舊夫妻。總有鶉衣。百結難遮體。遮得東來露了西。朔風吹短衣。空自慘悽。頓覺無所矣。想此情還訴誰。（旦白）嗄、官人、想你自出宦門、怎麼沒個親戚憐憫麼、（生白）我去只有一家、（旦白）那一家、

（生白）就是岳丈那裏、（旦白）在上者、恃其威而不顧於下者什麽人、（生白）庸人也、（旦白）在下者、負其能而不諂於上者什麽人、（生白）君子也、（旦白）却又來、他明知我是他親生女兒、尚且無個憐憫之心、你還哀求他怎的、（全唱）想此情還訴誰。（生白）想娘子當日在彩樓之上、甚等容顏、那樣丰姿、（唱）隨我到破窰。有也是一日。無也是一日。容顏比先大不相同。我看他瘦損腰圍。（旦唱）是了麽夫窮苦。休言奴瘦損。那看金帶重垂腰。（全唱）似這等荒郊野外。寂寞孤村。天不肯垂念。人不肯見憐。就是我夫妻。唔重那得有個人憐惜身上衣單肚又饑。可憐我夫婦兩無倚。（旦唱）怎知道今日如是。我怎知道。今日如是。如埋怨。（生白）妻呀、敢是埋怨我來、（旦白）噯、（唱）總是饑寒。乃是我夫妻命該如此。怎肯埋怨你來。重夫只怨雪兒滿空飛。（全白）坐食山空終無了期、（旦白）你待怎麽、（生唱）你在窰中權安置。我去謁豪門。捱過三時。重。（生白）娘子閉了窰門、我到木蘭寺裏、求了齋來、也好充饑、（旦白）曉得、（生白）柴薪如桂米如珠、（旦白）求告須求大丈夫、（生白）十字街頭風雪冷、（旦白）

朱門誰肯濟寒儒（下）

文獻館編印

除夕承應　金庭奏事　錫福通明

金庭奏事

（眞君上唱）

〔桂臺仙引〕玉府祥光雲際繞。欣逢下界清平。九天閶闔神霄迥。羣趨節鉞金庭。（分白）一年光景一年新、瑞靄氤氲遍九垓、却爲聖明臨照遠、普天同日轉陽春、欣逢除夕良辰、快覩九圍福祉、你看太和之氣絪緼、洋溢歡呼之聲、震動喧闐、舊例每歲歲除、百神並以一年職事、奏事天庭、欣逢大清天下、重熙累洽、百年以來、每當奏事、一年勝似一年、到今天子御宇、一發瑞應駢臻、今年定然另有一種祥和、且待百神來奏、看是如何、（內侍十二天女暗上侍立科五穀神上唱）

〔勝如花〕烝民粒治至馨。是處田疇遺秉。宿粢成倉廩斯盈。饗期頤飶芬稱慶。貽來牟欽承帝命。（眞君白）來者何神、就此奏聞、（五穀神白）小神等分掌、稻黍稷麥菽、伏惟民爲邦本、食乃民天、茲者家頌黍與人歌稷翼、謹奏天庭、誠惶誠恐、（眞君白）所奏已悉、歸班候旨、（五穀神白）聖壽、（風伯雨師雷公電母上唱）兆甘和陰陽準平。釀嘉祥年豐歲登。揮灑神京怎敢違時馳騁。（眞君白）來者何神、就此奏聞、（風伯雨師雷公電母分白）小神風伯、小神雨師、小神雷公、小神電母、伏惟稼穡豐登、必由風調雨順、茲者五日一風、十日一雨、雷驅電掣、旱澇潛消、謹奏天庭、誠惶誠恐、（眞君白）所奏已悉、歸班候旨、（風伯雨師雷公電母白）聖壽、（城隍上同唱）掌陰隲專司福應。幸鈞陶俗盡敦誠。（眞君白）來者何神、就此奏聞、（城隍白）臣等各省城隍、職掌闔閭善惡、竊見一歲之中、孝子悌弟義夫節婦、比戶可封、謹奏天庭、誠惶誠恐、（眞君白）所奏已悉、歸班候旨、（城隍白）聖壽、（四瀆神五嶽神上唱）

〔前腔〕方隅鎭齊効靈。允翕澄清四境。（眞君白）來者何神、就此奏聞、（五嶽神白）小神東嶽泰山、小神西嶽華山、小神南嶽衡山、小神北嶽恒山、小神中嶽嵩山（同白）忝受聖朝柴望之恩、勉効保護民生之職、茲者各屬境內、盤羣承平、爲此謹奏、（四瀆神白）小神等、總理江淮河濟、欽荷圭璧之施、敬効安瀾

文獻館編印

之報、爲此謹奏、（眞君白）所奏已悉、歸班候旨、（五嶽神四瀆神白）聖壽、（高禖上唱）兆家邦麟祉呈祥。更民間雲礽永慶。好護持螽羽繩繩。（眞君白）來者何神、就此奏聞、（高禖白）小神高禖、比着家室和平、戶口增益、謹將一歲生育圖冊奏上、（眞君白）所奏已悉、歸班候旨、（高禖白）聖壽、（南極老人月下老人上唱）理紅絲牽來秤平。似連枝花開蒂並。癘疫潛清。儘消除災眚。喜在在秀眉堪敬。兆敦龐瑞釀和凝。（眞君白）來者何神、就此奏聞、（月下老人白）臣月下老人謹奏、竊惟有夫婦、然後有父子、今天下戶口、所以日增、端由閭閻、一無怨曠、謹將一歲姻緣簿、繕寫上奏、（南極老人白）臣南極老人謹奏、上有萬年天子、下有百歲老人、現今海宇昇平、宏開壽域、謹彙天下老人圖籍、繕寫上奏、（眞君白）所奏已悉、歸班候旨、（二老人白）聖壽、（眞君白）玉帝有旨、（衆神白）聖壽、（眞君白）時逢明盛、戩穀罄宜、今當除夜奏事、來朝着於通明賜讌、以示優渥之意、欽此、（衆神白）聖壽無疆、（眞君內侍天女下衆合唱）

【排歌】濟濟冠裳。瑩瑩珮影。天堦拾級齊登。羣將供職奏昇平。曠世嘉祥古

木經。雖則是致庥徵。自神靈。都只爲垂裳御宇正升恒。從今省年年勝。一年便是萬年程。（下）

錫福通明

（天官上唱）

［引］閶闔層層。一朵紅雲擁玉清。（白）我等奉玉帝勅旨、開讌通明殿、加恩奏事百神、竊惟人間尚有辛盤、天上豈無筵宴、金庭玉闕、與朝廷賞讌百僚同一規模、值殿官將、（官將應科白）有、（天官白）筵席可曾齊備、（值殿官將上白）齊備多時了、（天官白）伺候了、（官將應科下衆神照前上合唱）

［梧桐賺］贊理幽明。奏事天垣寵眷膺。蒙帝命。鵷行列坐酒三行。共心盟。亶聰幸遇垂裳聖。自然的百祿咸宜瑞氣凝（天官白）玉帝有旨、（衆神跪科天官白）衆神各獻嘉祥、今日宜應寵宴、（衆神白）聖壽無疆、（合唱）誰堪並登三邁五圖疇永。寸心默證。重。（天官白）着玉女舞一歲歲平安吉慶、在筵前侑酒者、（天官下衆玉女上舞科唱）

文獻館編印

〔金鳳釵〕豐年慶黍稷盈。處處茨梁輝映。何須諜雨量晴。儘也甘霖浹境。清寧平山車自出河永澄。公評允持黜陟。明致湆風浩蕩無名廣生成喧豗繡紼。聯鴛譜牽絲聽冰戸。頌椒馨。胡寧介景暢。好是星輝。偏覆壽國祥徵。（下衆神白）仰飫天厨、恭聆仙樂、欣膺旣醉無疆之澤、敢忘恪恭効職之誠、（合唱）

〔四時花〕天闕登。霓裳雅奏。鳴瓊霄玉佩。響丁丁。共沐恩波仙醴傾。合湛露恩榮。惟願相將賀聖明。（左輔右弼上白）玉帝有旨、（左輔白）咨爾五穀神、體率育之心、致豐登之慶、自今禾生九穗、麥秀兩岐、春祈秋賽、永錫爾祉、加秩一等、仍歸供職、謝恩、（五穀神山呼右弼白）咨爾風雨雷電等神、據奏一歲之內、風不鳴條、雨不破塊、實爾諸神調燮陰陽之力、予嘉仍勳、宜申二錫、謝恩、（風伯等山呼左輔白）咨爾各省城隍、今者俗尚敦龐、戸臻潤穆、從此國賢良家無逆子、蘉爾爵秩、仍歸供職、謝恩、（各省城隍山呼右弼白）咨爾高禖茲者戸口繁滋、實爾神默佑之力、自今繩繩繩繩、數盈版籍、功參化育、晉爵允宜、謝恩、（高禖山呼左輔白）咨爾月下老人、戸口日增、實汝有功焉、錫汝紅絲、以示優獎、謝恩、（月下老人山呼右弼白）啓爾南極老人、茲者龐眉絲鬢、遍於區宇、都因壽域之輝、獲此臧嘉之應、賜汝几杖、以示優崇、謝恩、（南極老人山呼左輔右弼白）玉帝有旨、命天庭官僚、整飭朝儀、明日元旦、齊叩當今天子闕庭、行朝賀禮、每歲例爲常典、欽此、（下衆神白）聖壽無疆、（同唱）

〔慶時豐〕述職班聯迥。寵錫盡沾榮。玉闕良霄欣倍永。合齊向瑞煙濃處欽朝命。

〔慶餘〕斗杓回。祥符應。紫禁遙瞻例玉京。歲歲年年拱聖明。（下）

除夕承應　藏鈎家慶　瑞應三星

藏鈎家慶

（外扮老員外戴巾穿道袍扶杖老旦扮安人穿老旦衣扶杖上仝白）眼前又是一年春、恰喜雙雙百歲人、金殿搖和開寶色、花箋綵筆送良辰、（員外白）老安人、（安人白）老員外、（同白）我和你兩人幸生太平之世、得享壽考之休、齊眉同慶、鴻案相莊、今年特奉恩綸、同建百歲坊、閭里稱爲人瑞、（老旦白）你看兒孫滿目、甘旨承歡、我兩個老人享此遐齡、也要謝天謝地、謝君王、（外白）今夜除夕、兒孫男女齊來上壽、須要飲個合家歡喜、（同唱）

【年調曲子　木蘭花】喜百年年又度、允閭嘉慶。團團兒女。（隨意扮衆孫男孫女各捧觴上同唱）莊椿堂上多潤暇。椒盤栢酒。鞠脆沿階阼。（衆孫男白）兒孫們、爲祖公公媽媽上壽、（衆孫女白）媳婦孫媳們、爲祖公公婆婆上壽、（員外安人白）生受你了、（員外白）老安人、從來除夕、家中叟嫗、各隨其儕、分爲二曹藏鈎、以較勝負、風俗相沿、倒也有趣、今日試仿其意、取個歡樂、你道如

何、（安人白）這個甚好吓、（唱）

【么篇】看佳兒同佳婦。森森立竹。雁行兩序。探鈎燭底分曹舉。開顏一笑同傾佳醑。（場上設酒席桌椅各歸坐科員外白）今日藏鈎、須仿飲屠蘇之例、幼者先舉拳、以次而上、最小的元孫倒也伶俐、玉斗兒、先藏鈎來、（一小兒作擎拳科衆執筯打科衆虛白開拳科一小兒白）不是碧玉的壽字、（衆白）妙嗄、五福壽為先、上酒、（同唱）

【平調曲子 于飛樂】慶高堂同遐壽。椿萱並敷。（員外安人唱）願兒曹共大門閭。（衆同唱）童顏映鶴鬢。雙雙鳩杖扶。看年年歲除。霞觴捧相。共效歡娛。（安人白）我那最小的元孫女長姐兒、來藏起鈎來、（一小女作擎拳科虛白執筯打科開拳白）不是鏤金福字一個、（衆白）妙嗄、有壽定然有福、進酒、（同唱）

【么篇】頌庭闈。膺多福同享歡娛。（員外安人唱）幸芝蘭同根並跗。瑤池王母卷。南極老人圖。（衆同唱）看年年歲除。霞觴捧相。共效歡娛。霞觴捧相。

共效歡娛。（員外白）如今我老人藏起鈎來、兒孫們猜一猜、（作拏拳科衆男女起立猜科白）兒孫們算來、是嘉禾一握、寓多祿之意、（員外開拳大笑白）一些不錯、願兒孫食祿千鍾、我兩老人還吃不盡哩、（衆白）進酒、（員外白）酒已彀了、老安人、你也隨意藏個鈎兒來、大家歡笑歡笑、（安人白）也要我老人使心麽、（作拏拳科衆虛科員外白）兒孫們不消猜得、待我老人一猜便着、（安人白）猜恁麽來、（員外白）是明珠兩顆、（安人白）怎見得、（員外白）豈不聞雙珠出於老蚌、（笑科安人白）老員外果然醉了、（衆拍手笑科同下）

瑞應三星

（場上掛福祿壽三星圖內奏樂雜扮福祿壽三星各戴福祿壽冠穿福祿壽衣上同白）

善哉善哉、積善之家、必有餘慶、聖王之世、比戶可封、和氣致祥、一門聚順、難得的是夫婦齊眉、百齡具慶、子姓雲礽、環繞膝下、這都是世積陰功、所以釀此充闔嘉瑞、當年吳道子、貌我三星眞像、那善人家、累世珍藏、每逢歲時、闔門虔禮、爲此今夜除夕、降臨他家、以覘聖朝人瑞、使他常爲善人、永保此庥、（同下。雜隨意扮衆小童男女各持鑼鼓花爆歡笑科上白） 快樂快樂、方纔堂上、與祖公公媽媽、椒盤上壽、祖公公高興起來、叫我們分曹藏鈎、確好做個福祿壽字、（笑科） 祖公公媽媽、十分歡喜、飲得大家歡暢、又賞我孫兒孫女菓餌吃、明日元旦、兩老人家、要到佛堂裏、拈香禮拜的、（一白） 是嗄、那三星像前、老人最敬重的、不免同去供養、收拾整齊、再到堂前、鬧鬧鑼鼓、放放花爆哩、（衆白） 有理、（同唱）

【牧羊關】 重簾靜樺燭紅。相暖熱烟靄融融。那壁廂腰鼓彭彭。這壁廂爆竹轟轟。癡獃都賣却。如願好相逢。檢點明朝事。春旛兩鬢鬆。（白） 這里是佛堂了、（福祿壽三星暗上從畫像後隱下衆小童男童女驚科白） 爲何一陣香風、三星像前、隱隱有人走動、（一童白） 看去與畫像上一番容貌、莫不是星官降臨麼、（一童白） 是嗄、方纔藏鈎、恰好藏個福祿壽字、就該有這個瑞應、況

文獻館編印

且這幅畫、聽得祖公公說、是吳道子親筆畫的、向來有些靈異、所以祖公公婆婆、朝夕頂禮他、我等大家羅拜、祝頌一番、（衆白）有理、（各作拜科同唱）

【么篇】則見那香烟散旒冕容。畫圖裏彷彿相同。掩映着綵旛搖拽。隱現着寶幢玲瓏。惟願取堂上齊福履。壽比栢與松。祿享千鍾。人餘慶及兒童。（作歡忭諢笑科雜隨意扮衆男婦提燈上白）孩稚爲何在此喧鬧、（衆小童男女白）有一樁奇事、（衆男婦白）恁麽奇事、大驚小怪、（衆小童男女白）畫圖上的三星、忽然走了下來了、（衆男婦白）你不要看錯了、（衆小童男女白）與畫圖上一般的容貌、（衆男婦白）原來如此、我家向來有這個祥瑞的、（衆小童男女白）既如此、爲何向來不與孩兒們說、（衆男婦白）說了恐驚了你們幼穉、（衆童男女白）孩兒們却也知道、我們爲善人家、門庭建了百歲坊、自然是吉星降臨、那裏驚怕、（二男白）這也說得有理、（唱）

【么篇】德門內喜重重。春風盎佳氣沖融。忽聽的兒曹歡忭。見說道瑞現星宮。須知是家室多歡樂。端則爲皇仁大幈幪。願將頌山阜元旦效呼嵩。（衆小

童男女白）大家去報與祖公公媽媽知道、（二男白）老人睡熟了、不須說
得、明日拈香時節、再說與知道、也博老人新春一喜、夜深了、睡罷、（同下衆童
男女扶肩行介白）咦、畫圖上三星趕下來了、（諢下）

除夕承應　昇平除歲　彩炬祈年

昇平除歲

（兒童內白）公公到外面來坐坐、（老人上白）爆竹聲聲報歲除、今年除夕更歡娛、身閑自覺精神健、時泰還看風俗殊、萬戶終宵燃絳燭、千門明日換新符、老翁扶杖渾無事、家室團圞酒一壺、（兒童白）公公請坐了、（坐科白）我乃太平莊老人是也、幸生堯舜之朝、喜值昇平之世、春遊秋賞、年華已歷七十有三、暑去寒來、甲子曾經四百五十、今日正當除夕、方纔孫兒們說、備得酒殽、吃個合家歡、我便連吃了幾大盃、便覺有些醉意了、（兒童白）孫兒們平日從不見祖公公吃醉、今日想是爲逢着除夕、兒孫們滿前、所以這般高興、（老人白）孫兒、你道我公公爲此便樂得這般麽、（兒童白）不爲此、却爲怎的、（老人白）你們那裏知道、代我說與你們聽、（唱）

【慶豐歌】你道我因除夕生歡喜。屠蘇頻飲便顏頽。怎知我心中自熙怡。啫逢遭聖主仁恩沛。（排歌）扶鳩杖但朶頤平安無事只啣盃兒孫滿歡繞膝。今宵不飲更何爲。（白）當今聖上御極以來、深仁厚澤邁五登三、眞個古今無兩、天地可參、我們身被恩施、轉忘帝力、古人說得好、幸逢明聖主、沉醉又何妨、（內打鑼鼓科兒童白）公公、外面鑼鼓響鬧新春的來了、我們去看看、（老人白）不是、就是那村舍上、結彩炬照田蠶的、（兒童白）也要去看看、（老人白）那裏人多、你們年紀小、只怕擠不起、不要去罷、（兒童白）只消站遠些就是了、（老人白）這等、待公公帶你去看一回、阿媽媽、孫兒們要去看賽田蠶、我帶他們去、（內應科白）早些回來、（老人白）自然、（出門科白）孫兒帶上了門、（兒童白）是、（老人白）出得門來、你看街坊上、好不熱鬧也、（兒童白）家家照歲燈兒點得這樣整齊、（老人唱）

[前腔] 兩行紅影燈如綺。（兒童白）暖烘烘到像春天一般、（老人唱）融融春意滿街衢。（兒童白）那些門口、都擺着火盆、在這裏相暖熱、（老人唱）還喜盆中炭成堆。爭相暖熱燃階砌。（餽歲人上發譚科下兒童白）這些

餽歲的、兀自不了、（老人唱）合將盤送把榼提。來來去去兩相遺。（猜拳歡飲科老人唱）呼盧處人醉矣。合家團聚共怡怡。（白）一路行來、夜市未收、街衢如同白晝、那邊近水一帶、一發喧譁雜沓、轉灣抹角、不覺漸漸望見那邊村落了、（唱）

[前腔] 好從河畔頻翹企。但見長虹橫亘鎖前溪。（兒童白）前面是橋了、我們可要過去、（老人白）要過去的、（兒童白）公公這是甚麼橋、（老人白）是豐樂橋、（扶杖上橋科兒童白）公公看仔細、（唱）徐步同登看高低。相扶笑語欣嘉會。（兒童白）公公你走得乏了、且在橋欄上坐坐、看他們過去、（老人坐科賣癡獃兒童上白）賣汝癡、賣汝獃、賣了癡獃便學乖、今年賣了明年賣、耑望大大一個主顧來、（下賣癡獃兒童上科白）賣汝獃、賣汝癡、癡獃該賣人不知、一年三百六十日、今夜癡獃正及時、（賣癡獃兒童上白）賣癡獃、賣癡獃、高聲低喚過長街、若還不買賒與你、明年除夕還錢我再來、哈也麼哈、（下兒童白）孫公公、那些兒童做甚麼的、（老人白）都是賣癡獃的、孫

兒你們、也去學賣罷、（兒童白）孫兒們、又不癡獃、拿甚麽去賣、（老人白）
好嗄、（唱）合癡獃盡眞可兒聰明伶俐你自知。（白）我們如今、也就隨着他
們去罷、（同唱）隨獃去任我癡。沒災無難到台司。（內應）走嗄、（兒童白）那
邊又有好些女伴來了、（老人白）我們閃在一邊、讓他過去、（女郎上白）
打如願、打如願、結伴同行莫生倦、東家姊姊西家姑、個個新妝盡嬌倩、齊向灰
堆打一回、年年此夕欣相見、（下衆女郎上白）如願如我願、相傳非俗見、打
得灰堆灰便飛、飛來沾着紫紅衣、却步還從僻處抖、輕輕賀頌慰心期、（下醜
女郎上白）如願緣何打、打時願可如、古人曾得如願婢、今人打得願便如、提
笤帚是如如、兩兩三三賀願如、（女郎白）我們衆姊姊、今夕共打灰堆、各求
明年如願、不知可有些意思、（醜女郎白）我去年打了、今年就母親不曾罵
我一句、（女郎白）這樣說起來、明年除夕、我們還要打哩、（醜女郎白）走
嗄、（同下老人白）嗄孫兒們、此時賽田蠶、正當熱鬧、我們趕上前去看看、（唱）
〔道和排歌〕村煙近樹影齊。忙忙前去路依稀。人行處笑語隨。紛紛環聚鬧

成團。（兒童白）你看前村後村、都列着火炬、究竟從那一邊去看、（老人白）
我們先看前村一回、再看後村便了、（唱）
【慶餘】望前村人聲沸。漸漸紅光遍野堤。好慶豐稔年年樂皡熙。（同下）

彩炬祈年

（農夫上唱）
【慶時豐】轉眼新正矣。此夕慶春回。共樂時和年歲美。合照田燈喧鬧在鱗塍地。（一農夫白）我們今歲田疇、喜得十分收穫、都靠着天公照應、今當除夕、結成火炬照田、祈求來年年歲、聞得前村這些人、比我們越發有興、不但鬧鑼鼓、更兼置買烟火花炮、哄動了多少人、少頃賽起田蠶來、只怕我們不如他熱鬧、這便怎麼處、（一農夫白）虧你們只管吃除夕酒、到得這時候、才想着、我到早已想在此了、我方纔在街市上、買了些煙火花炮、少間賽起田蠶來、只是沒有鑼鼓怎麼處、（一農夫白）我們家中孩子、要鬧新春、買下鑼鼓、何不前去取來、與他們賭賽賭賽、（衆白）是嗄、賽起來不曉得看的人、怎樣多哩、

（衆白）你怎麼曉得、（一農夫白）你怎不見麼、那邊閃閃爍爍、多少紅燈、成羣結隊而來的不是麼、（衆白）這等、我們快些迎上前去、（唱）

【前腔】此會非凡比。爆竹動春雷。更愛添將煙火起。合幻出萬般花樣在竿頭綴。（同下士人上白）節屆三冬盡、（士人上白）風光欲喚新、（士人上白）桃符好詩句、（醜士人上白）欣動往來人、請小弟、不前街看見女郎們打如願、也口占一詞在此、（衆白）也要請教、（醜士人白）除夜將闌曉星爛、糞掃堆頭打如願、杖敲灰起飛撲籬、不嫌灰飛涴新衣、女郎深深拜且祝、只要爺娘長富足、野繭可繅麥兩岐、短襦換却長衫衣、當年婢子挽不着、有耳猶能聞我語、但如我願不汝呼、一任汝歸彭蠡湖、（衆白）妙嗄（士人同白）兒出口成章、不假思索、將來正好黼黻太平、（衆士人同白）只恐這樣黼黻太平多着哩、只恐擠不上咧、（士人同白）既如此、二兄賣些痴獃就是了、（衆士人同白）如願如願、（衆唱）

【前腔】蘊藉風流。文情旖旎。能將俗事增輝。吳儂遊戲解人頤。倩女痴情態欲飛。（白）二兒、（唱）合輕抹筆淡寫奇。聞香聽響乍依稀。從此日賡喜起。年年金殿彩毫揮。（內打鑼鼓士人同白）諸兒、聞得各村照田蠶、一同去看看何如、（衆白）這也極是有趣的、就此前去、（兒童老人扶杖上唱）

〔四時花〕年古稀。兒孫牽我衣。偏生攛掇往田畦。一路行來雙脚疲。（作相見科白）各位相公都在此、（衆士人白）老人家、你往那裏去、（老人白）聞得各處照田蠶、（唱）祈年共嬉。合扶杖村前看一回。（衆士人白）也算老高興、（唱）

〔前腔〕風色催。光華透紫微。渾如炎日耀晴暉。更似青雲天上飛。田蠶共祈。合明歲豐收更樂嬉。（賣痴獃兒童上唱）

〔前腔〕沿野堤。慌忙行若飛。田蠶剛照未為遲。爆竹聲聲高又低。（全唱）紛紛亂擠。合鑼鼓喧闐力不遺。（衆女郎上唱）

〔前腔〕離繡幃。齊將蓮步移。芳心微顫笑成堆。兩頰紅添光射衣。（全唱）紛紛亂擠。合鑼鼓喧闐力不遺。（同下衆士人老人賣痴獃衆農夫上衆兒童

同唱）

〔梧桐賺〕一歲將歸。各處豐登史傳希。昇平世。今宵火炬照原隰。把年祈。雨暘時若應如意。但得新穀新絲兩不虧。多收利。明冬除夕還相戲。答酧天地答酧天地。（疊下衆土人白）田蠶已經賽過、夜色將闌、斗柄漸轉、我們各自回家去罷、（衆下同唱）

〔慶餘〕儘黃昏同歡會。回家守歲到晨雞。（下兒童白）公公、他們走得快、都去遠了、我們也早些回去罷、（老人白）孫兒們、我們也早些回去、交了五鼓、打點一支清香、（兒童白）做什麼、（老人哪唱）拜賀聖壽與天齊。（下）

除夕承應 賈島祭詩

（扮賈島冠帶上唱）

〔新水令〕 盼微垣斗柄轉遙天。漏春光幾枝銀箭。梅風催舊臘。柏酒釀新年。檢點芸編。待要把明禋荐。（白賀聖朝）平生嬾散無拘束、享人間清福、袈裟半領、朱衣半襲、梅花半屋、華堂今夜燒銀燭、聽聲聲爆竹、且把殘詩幾卷、濁醪幾盞、叩天而祝、下官賈島、表字閬仙、范陽人也、夙負詩名、性耽禪學、只爲文塲欠利、自分非蓬閣仙人、因思淨土有緣、滿擬作空門弟子、敬尋西竺、偶過東都、恰遇吏部韓公、喝破迷津、直超苦海、因此得舉進士及第、日與張文昌、王仲初、詩酒往來、竟忘身世、想起來我賈閬仙、這一生好笑人也、（唱）

〔駐馬聽〕 回首當年。書劍飄零守硯田。文壇厮戰。經幾番珠遺滄海沒人憐。思量逃名不若去逃禪。那知我遭逢知己青錢選。這是我未了緣。依然遂俺初心願。（二書童暗上賈島白）閒話休提、今夜是除夕、書僮可曾料理祭詩的勾當、（書僮白）這是年年今日、歲歲今朝的常例、早已安排妥當、請老爺上香、（賈島白）看香案、（書僮作抬桌介桌上放香爐酒杯詩稿數本賈島白）詩呀、詩、只道你篇篇繡口錦心、那知你一字字鏤肝刻腎、取酒來、待我薄澆你一盞、（笑科作酹酒介一書僮於懷中探出一本置桌上作拜介賈島白）做什麼、（書僮白）小人服侍老爺多年、自古道近硃者赤、近墨者黑、也曉得做兩句歪詩搭在裏頭、也要祭他一祭、（賈島白）取來我看、（作看科）這是你做的詩、直叫做放屁、（一書僮白）請問老爺、今夜祭的是那一門的神道、（賈島白）蠢才你那裏知道、只爲一年勞我精神、這祭的就是五臟神了、（書僮白）這等說、小人的詩一發該祭了、（賈島白）爲何、（書僮白）老爺、工拙雖殊、用心則一、小人的詩、就算做放屁、也一句句從五臟神門前經過、搜索枯腸、發放出來、豈不更該祭的、（賈島白）狗才還不走開、（書僮白）不要動怒、學生告退、（賈島白）看看、（作取囘詩本介賈島作揖拜介唱）

【沉醉東風】望燭影光輝庭院。喜爐煙香拂雕筵。俺不是陰子方。纔把黃羊荐。也不是韓昌黎預把五瘟遣。少酬你今年心血苦煎煎。還要你交新歲。文思吐繭。（扮從役引張籍王建冠帶上白）彈絃奏節梅風入、對局探鈎柏酒傳、下官張籍、下官王建、今夜除夕、相約到賈閬仙家守歲、至五鼓一同朝賀、來此已是、左右叩門、（從役作叩門介白）裏面有人麼、（賈島白）書僮外面有人叫門、出去看來、（書僮白）不是要煤錢的、定是要米錢的、老爺自己打發他去、（賈島白）狗才、我老爺只有詩債酒債、其餘總不理他、快些開門、（書僮作開門介白）來了是那個、（從役應白）張王二位老爺到、（書僮白）請少待、禀老爺、張王二位老爺到了、（賈島白）說我出迎、（張籍王建作相見各虛白介張籍王建白）迴避、（從役下張王同白）閬仙既已登朝釋褐、爲何又閉戶修齋、（賈島白）非也、小弟在此祭詩、（張籍王建白）詩爲何祭他、（賈島白）只爲一年勞我精神、故而祭之、（張籍王建白）我二人所作不少、若早來也附一分、（書僮白）不相干、學生尚且不容、何況二公乎、（賈島白）狗才還不走開、（張籍王建白）今夜花天錦地、送故迎新、我們把重門洞開、呼盧暢飲、纔是使得、（賈島白）看酒來、（書僮作擺席介衆入席唱）

〔雁兒落〕楚臻臻朱衣玉帶懸。喜孜孜紫酒金蝶勸。望迢迢家鄉千里餘。笑盈盈和你是因果三生願。（張籍白）閬仙悶酒難食、我們催花擊鼓如何、（賈島白）使得、取金花過來、（書僮作送花介張籍白）起鼓、（作擊鼓停鼓介得花者作飲酒介扮四小兒持籃上叫賣癡獃介張籍白）外邊為何喧嚷、（書僮白）是賣癡獃的、（張籍白）叫他們進來、（書僮白）賣癡獃的、這裏來、我家老爺要照顧你們的、（四小兒白）買我的、買我的、（張籍白）不要嚷、你且把你們的癡獃、有何好處、說上來、（小兒白）你可聽知罷、（作唱介）我在東都賣癡獃。販賣癡獃作生涯。有人替我買將去。包管新年利市哉。利市哉。賣癡獃。聽我一一數將來。那官員們買了我的獃。搖搖擺擺盼三台。那秀才們買了我的獃。迂迂闊闊呆打孩。那姑娘們買了我的獃。手拿繡線墮金釵。那百工們買了我的獃。楞裏楞掙想錢財。那農夫們買了我的獃。守了麻稭守秫稭。那園丁們買了我的獃。羊角葱兒倒轉栽。那樵夫們買了我的獃。燈草竿兒認做柴。那漁父們買了我的獃。直鈎垂釣不使乖。我走長街買癡獃。叫的口兒乾。

叫的嘴兒歪。貨眞價實休疑猜。只要你那官員們。秀才們。姑娘們。百工們。農夫們。園丁們。樵夫們。漁父們。買我癡獃試一試。問你買來該不該。還有那京東。京西。湖東。湖西。廣東。廣西。山東。山西。照顧些兒把張開。惟有杭州是我老主顧。都替我一箍腦兒。一包椒兒。一口氣兒。一抹光兒買去也麼獃。賣給你了。再不也麼獃。（作將鑑亂傾諢下張籍白）你看這些孩子們、倒也頑得有興、（王建張籍同唱）

【得勝令】一聲聲皷打太平年。一隊隊唱徹五更天。須知道伶俐無人買。倒不如癡獃更值錢。聽言這好事何須勸。悠然。還要貪嗔兩字全。（扮厨下醜丫環僕婦數人持掃帚上白）打灰堆打灰堆（賈島白）你們爨下老婢、爲何也鬧到這里來、（丫環白）老爺忘記了、豈不聞除夜將殘曉星爛、糞帚堆頭打如願、（賈島白）這等模樣、出乖露醜、還不快走進去、（張籍白）模樣雖醜、倒也風雅得緊、（丫環白）張老爺這兩句歪詩、我們也嚼得兩句、（張籍白）這等你就是如願了、（丫環白）不敢欺、我比那如願還要如願、偏要如

願、偏要如願、（賈島白）還不走進去、（丫環作諢下張籍白）這叫做未能免俗、聊復爾爾。閬仙可見鄭康成家婢、到底不同、（張籍王建同唱）

【殿前喜】一會家蓬頭歷齒鬧喧闐。那俊龐兒兩脚跣。他咬文嚼字語娟娟。想王郎曾見憐。料應他黃昏後題團扇。閬仙你東厨不費買花錢。只怕你嗔得油鹽醬醋香不淺。（賈島白）取金斗過來、（書僮白）金鷄三唱了、（下從役暗上衆俱作醉態介白）既然如此、我們就此朝賀去、小厮們帶馬、（合唱）

【鴛鴦煞】果然是曉星將爛打如願。不爭的寒爐爆竹聲聲遠。暢好是滿酌金螺。高興流連。又道紫陌鷄鳴祥開春殿。則索領袖羣仙同舞忭。（賈島唱）少不得元日詩篇。趲積來到歲。今朝又成一卷。（下）

除夕承應　如願迎新

（四福神上白）

除夕共迎新、迎新拜紫宸、紫宸添景福、景福自天申、我乃福德星君座下、錫福使者是也、奉星君之命、說今夜除夕、明日元朝、普同天宮下界降福、須得人人如願纔好、查得青湖君、有侍婢如願、後歸歐生、遂成大富、一日受歐生箠辱、隱身不見、幾多年矣、當今太平盛世、喜神吉曜、輻輳人間、不免排了儀仗、去請他出來、使人遇着、卽得如願、豈不美哉、正是遭逢都見喜、邂逅便成祥、（下如願姐上唱）

【玉交枝】非仙似仙。曾到得水晶宮殿。無端打散好姻緣。主人翁忒煞軟。那蝦公濟濟都無語。就是那鱉將森森也是枉然。卻把奴送上賈人船。奴家呵說來可憐。說來可憐。（白）奴家如願、原爲青湖君侍妾、後歸盧陵歐生、有求必得、遂成大富、乃以小過、將奴恥辱、因此隱身不出、今聞得福德星君、要奴出遊人間、我想世際休明、民安國泰、若得人人如願、也如宣揚聖化一般、只是久不

出閨門、好羞人答答也、（四儀從引四福神上同唱）

〔歌頭〕哈哈飛下了大羅天。最喜新年勝舊年。大家呵大家呵。不住的急加鞭。要勸伊家。伊家來遊衍。（白）如願姐、奉福德星君之命、要如願姐、再到人間、曉得麼、（如願姐白）福德星君、嚴命怎敢違拗、是奴家心事好難言也、（福神白）請問如願姐、這幾年以何爲樂、（如願姐白）奴家在水府、曾有水仙、授此琵琶、數年來所遣悶者此耳、（唱）

〔山坡羊〕幾年來獨自深房曲院。手挽着金鑲玉嵌的琵琶兒一面。也不赴絃歌酒讌。眼睜睜盼着個紅鱗現。你與我把書傳。再與我多多拜上青湖使者。道奴家要見無由見。恨只恨歐家子轉眼忘恩。把奴家作踐。實堪憐。（福神唱）聽言。休提過去的舊情緣。心懸。你心在湖中身在岸邊。將伊勸。莫俄延。且抱琵琶過翠軒。逢除夕慶新年。走遍了六街三市前。教他逢人見喜都如願。不打灰堆竹作鞭。整花鈿。整花鈿。霞珮雲裾登紫軿。霞佩雲裾且自登紫軿。（白）馬夫帶馬過來、（馬夫上白）請如願姐上馬、（如願姐白）江山萬年國、天地一家春、（上馬科）加鞭、（福神白）請問如願姐、當初旣在靑湖、爲何得嫁歐生、長途無事、請如願姐細說一遍、（如願姐白）想當日呵、（唱）

【二段】　回首當年甫生長香閨。玉貌嬋娟。來到靑湖伴錦鴛。他看待奴有掌珠之意。奴也如形影相牽。肯暫遠乎。莫說影不遠。就是夢裏魂靈也就緊斷連。遭業寃。有個客歐明。過彭蠡每多祭獻。因此上感其意虔。邀請來前。問歐生何所愛。恁寶藏取無愆。那知他素昧平生。一開口。一開口只求如願。（白）福神呵、（唱）

【三段】　東家那時聽了他。但不知何因何由何故何緣。指名要着奴家呵。只得重結並頭蓮。綢繆一似雲煙。又只見四壁蕭然。四壁蕭然。教人腼腆。因此教他諸事稱心田。縱有萬難購取登時見。自劾于飛不數年。財緣滾滾湧春泉。紫標黃榜千千萬。積玉堆金不待言。情脉脉。意懸懸。朝歡暮樂綺筵前。誰知小過逢郎怒。逼打奴家。逼打奴家。一溜煙。隱吾身來藏吾影。再休提鳳枕鸞衾同歡宴。又誰知福曜傳呼。遮住了一副羞人面。（門神上醉司命醉土地上諢科下）

竈夫人土地婆婆上諢科如願姐唱）又聽的太平花鼓連天。人似蟻車馬喧鬨。門神戶尉。盔甲光鮮。竈君婆領着土家眷。髮髻蓬鬆。臉如黑靛。矮似侏儒。醉如曲鱔。福神呵。叫他們一個個不用歪廝纏。（福神唱）醉婆婆醉婆婆。這裏沒得香糟勸。叫你們。叫你們。一個個不用歪廝纏。（竈夫人土地婆婆白）舍倆、你是什麼人、我來歪廝纏你、（福神白）這是如願姐、兩位老太太、不要着惱、（竈夫人土地婆婆白）原來如願姐出來了、如願姐大喜、（如願姐白）怎麼你們、吃得這樣醉、（竈夫人白）我們親家太太來和我辭年、留他吃了兩盃、所以有些醺醺的、（土地婆婆白）我老人家量淺、多謝我親家太太兩粒香糟兒、就醉得了不得、如今我兩個、也要求如願、（如願姐白）竈夫人只願你終日清酒百壺、烹鱉燴鯉、（竈夫人白）多謝了、（如願姐白）土婆婆只願你們、門闌生喜色、絲管醉春風、（土地婆婆白）多謝了、（竈夫人白）親家太太、好是好話、總有些打趣我們的意思在裏頭、也罷、我們且去、（下福神白）如願姐、兩位醉猫已去、請如願姐、把琵琶彈個水仙操、我們聽聽、（如願姐白）

這也使得、取琵琶過來、（馬夫上遞琵琶科如願姐彈科唱）

【四段】手抓着琵琶絲線。音韻清。多因是學水仙。將指尖兒輕把柔絃轉。弄得個閒消遣。莫說那世間少知音。盼得個伯牙流水高山見。常言道及時行樂。何用憂煎。休說調太高。休疑柱下絃。不是別鶴操。又不是昭君怨。彈得緊。抓得急。怎不教人意惹情牽。（福神讚科如願姐唱）你若是聽明了。好一似花外鶯簧轉。你若是聽明了。好一似顆顆驪珠串。你若是聽到明白了。好一似鳴泉澗底瑽琤濺。步虛聲搖得珮僊僊。明月下冷冷梵遠。（白）奴家此番出來、有五願、（福神白）請問如願姐、有那五願、（如願姐唱）

【五段】第一來。皇朝祝萬年。第二來。願宮禁四時增福戩。第三來。清宴山川。第四來。和風甘雨民安善。第五來。萬國九州天多生輔世英賢。今日奴家學負暄。葵心呈上聖人前。（福神白）請如願姐上馬、（如願姐上馬科衆同唱）跨金鐙。坐錦韉。蹀躞而來。珊瑚作鞭。我只願那人人皆如意。決不向芙蓉覓宿緣。在那薄倖郎前。薄倖郎前。願只願逢除夕。世上人再休把敝箒胡搧。管教士農商賈近奴邊。喜孜孜跨鶴腰纏。一會兒同萬福去朝元。一會兒同萬福去朝元。

（同下）